GENTOSHA

出張ホスト
僕はこの仕事をどうして辞められないのだろう?

一條和樹

幻冬舎アウトロー文庫

出張ホスト

僕はこの仕事をどうして辞められないのだろう？

松山から来た女性

年が明けてすぐの寒い日、青山通り沿いにある小さなシティホテルでお客さんと待ち合わせた。

年末年始の休暇が終わったばかりだからか、フロントには人気《ひとけ》がなかった。お客さんらしい人の姿も見えない。こんな場所で待つのはなんだか恥ずかしい。

一〇分くらいして、エレベーターが下りてきた。ドアが開き、三〇代の前半に見える色白の女性が姿を見せた。若奥様風の、ファッショナブルな服を着たこぎれいな女性だ。一目でお客さんだと分かった。

彼女もすぐに僕が待ち合わせの相手だと気づいたようで、にこやかに微笑《ほほえ》みながら、近づいてくる。

簡単に挨拶《あいさつ》し、近くの喫茶店へ移動することになった。ホテルから喫茶店までは歩いて五分ほど。お客さんは、ほとんど口を利かなかった。

運ばれてきたコーヒーに口を付けてから、やっと彼女が話し始めた。

「ごめんなさいね。ずっと黙ってて。初めてなので、緊張してるの」

言って、彼女はまたコーヒーに口を付ける。コーヒーカップを手のひらで包んだまま、

「でも、普通の人が来てくれて、安心したわ」

どうやら、気に入ってもらえたようだ。

僕が付くお客さんには、こういう反応をする人が多い。出張ホストと聞くと、やくざっぽかったり、チャラチャラしていたり、普通ではないイメージがあるのだろう。初めてホストを呼ぶ人は、特にそうだ。

僕は昼は普通の会社に勤めている。店からホストの仕事に行くように電話が入っても、会社に行ったそのままの服装で、待ち合わせ場所に向かう。だから、普通の人と、会社帰りに待ち合わせたような安心感を持ってもらえる。

お客さんから特に、「普通の男性」とリクエストがある場合は、店長はまず、僕に回してくれる。

　お客さんによると、彼女は松山で音楽関係の仕事をしていて、年に何度か、仕事の関係で上京してくるらしい。昨日で今回の上京にあたっての仕事は終わり、今日は一日、フリーだということだ。

「実はね、私、こう見えても結婚してて、子どももいるの」

　結婚している女性から呼ばれることは珍しくない。夫との関係が冷めていたり、セックスに満足できなかったり、ただ単にアバンチュールを楽しみたいだけだったりとケースはいろいろだけれど。

　彼女もそんなうちの一人なのだろうと、あまり気に留めずにいたら、意外なことを言われた。

「風俗で遊ぶと、どんな気持ちになるのか、それが知りたくてあなたを呼んだの」

「どういうことなんです？」

「実はね、主人が風俗通いを始めたのよ。背広のポケットに、そういう店の会員証や割引券が入ってたから、私、訊《き》いたの。そしたら、主人は簡単に認めちゃったのね。悪びれもせずに……」

どうしてそんなところへ行くのか問いつめても、夫は酒を飲みにいくのと変わらない遊びの一種だと開き直るばかりで、一向に埒《らち》があかなかった、と彼女は言った。

「他の女と寝るわけだから、私から見れば、浮気よね。でも、夫は、それは違うと言うの。単なる遊びで、浮気じゃないって譲らないのよ。こうなるともう、平行線よね」

「止《や》めて欲しいとは頼まなかったんですか？」

「頼んだわよ。でも、止めてくれないの。遊びだからいいじゃないかって」

そこで、お客さんは、自分の女友達に相談してみたらしい。その友達も、それはおかしい、と同意してはくれたが、夫に風俗通いを止めさせる手だてとなると、いい方法を思いついてはくれなかった。

「でね、彼女が言うのよ。じゃあ、仕方がないから、あなたも夫と同じ経験をしてみたらって。そしたら、夫の気持ちも少しは分かるようになるかもしれないって……。それに、私もこういうのに興味があったしね」

お客さんは、さばさばした調子で話している。会ったばかりの頃の緊張は、もう完全に解けているようだ。

「でも、やっぱり地元では怖いでしょ？　自分の住んでない大都会だから、冒険もできると思うのよね。だから、今度、上京するときには、必ず、出張ホストを呼ぼうって、決めてたの」

いろんな理由で、女性は僕を呼ぶ。というよりも、女性の多くは、僕みたいな出張ホストと遊ぶときには、必ず、何か理由を探す。男なら、風俗で遊ぶのにわざわざ理由を付ける必要もないけれど、女性には、自分を納得させるだけの理由が必要なんだろう。僕はそう思った。

喫茶店に入ってから、もうかなり時間が過ぎていた。このままだと、今回は話をするだけで終わってしまうかもしれない。そう心配していると、お客さんが、

「時間もないから、そろそろ行きましょうか？」

と言った。

「じゃあ、さっきのホテルに戻りましょうか？」

「自分が泊まってるホテルで遊ぶのは抵抗があるわ。ラブホテルに行きたい」

ここからなら、道玄坂のホテル街が近い。僕たちはタクシーを拾った。

「すごく楽しみ。ワクワクしてきたわ」

お客さんが言った。最初の頃の、緊張していた彼女とは別人のようだ。吹っ切れて、弾《はじ》けた感がある。そうなればなったで、彼女のさばさばした雰囲気は、僕の好みだった。


「ラブホテルなんて、すごく久しぶりよ」

「そうなんですか？　ご主人とは？」

「主人となんて、交際中だけよ」

「じゃ、他の人とは？」

「止めてよ。私、浮気なんかしたことないわ」

「じゃ、交際中に、ご主人と入って以来？」

「そうなるわね」

「きっと、真面目《まじめ》でいい奥さんなんでしょうね」


そんなとりとめのない会話を続けていたが、やがて、二人とも言葉が途切れがちになった。彼女も、これから僕とセックスするのだということに、改めて気づいたのに違いなかった。

お客さんは、自分から服を脱ぎ、下着姿になった。子どもを産んだ割には、きれいな体だ。腰もきちんとくびれているし、あまり贅肉《ぜいにく》はないのに、むっちりとした肉感が、成熟した大人の体を思わせた。彼女は、下着も取って、ベッドへ行った。

「早く、きて」

素敵な笑顔だ。僕も急いで服を脱ぎ、ベッドに潜り込んだ。

彼女の髪を手で掻《か》き上げながら、首筋にキスした。彼女も激しく求めてきて、僕たちは唇を重ねた。

恋人同士のような、濃密なキス。彼女も僕も、まだシャワーを浴びていない。シャワーも浴びずにお客さんと交わるなんて、とても珍しいことだ。

お客さんの乳房を手と舌で愛撫《あいぶ》した。弾力感のある、素敵な乳房だ。乳首を口に含む。表面は柔らかいが、中心部に堅さが残っている感じだ。

「とても素敵ですよ」

僕は言った。彼女も息づかいが荒くなり、その息の中に、言葉にならない喘《あえ》ぎが混ざるようになった。

しばらく指と舌でお客さんの肉体を楽しんでから、下半身に指を這《は》わせてみると、もう、まるで彼女の性器そのものが溶解してしまったかのよう。

「すごい！」

思わず、そんな言葉が口をついた。めったにないことだ。

「早く……」

途切れがちな声で、お客さんが求める。僕はそのまま彼女の中に入っていった。

「いいっ、いいわっ」

喘ぎながら、彼女がきつく抱きついてきた。その姿勢のまま、激しく下から腰を突き上げてくる。僕も、それに合わせて、腰を使った。

すぐに、二人で一緒に果てた。短く、激しいセックスだった。


お客さんが、ベッドの上でぐったりしている。満足してくれたようだ。やがて彼女は起き上がり、シャワーを浴びて服を着た。まだ、少し時間が残っている。

「どうでした？」

僕は訊いた。

「すごく良かったわ」

照れながらお客さんが言う。とても素敵な表情だった。このお客さんとは、なんとなく気が合う。僕は少し惹《ひ》かれていたのかもしれない。

「松山へはいつ帰るんですか？」

「明日の夕方」

「じゃあ、昼の時間は……」

「空《あ》いてますよ」

「明日、食事でもしませんか？」

誘いの言葉が、ごくごく自然に出た。普段なら、よかったら、また呼んで下さいね、と言うべきところなのに。

「いいわよ」

彼女が頷《うなず》いた。

僕たちは、互いに携帯電話の番号を教え合った。仕事を離れて、お客さんにプライベートで携帯番号を教えるなんて、めったにないことだ。

僕たちは翌日、都心で待ち合わせて二人で映画を観た。今となっては、何という映画だったのかも忘れたけれど。映画が終わって食事をしているとき、彼女は何度も、

「また会いたいわ」

と言った。僕も同じ気持ちだった。

もちろん、彼女の言葉の意味が、出張ホストとして僕を呼びたいということなのか、プライベートで会いたいということなのか、それは分からなかった。でも、どちらでも良かった。彼女とまた会いたかった。

食事を終えて、彼女はその脚で松山へ帰った。その後、彼女からは、事務所へも、僕が教えた携帯の番号へも、電話がかかってくることはなかった。

何度か、彼女が教えてくれた番号に電話してみようかと思ったことがある。そのたびにいつも、思い直した。何故、そうしたのかは、僕にも分からない。でも、僕はまだ、また彼女に会いたいという気持ちをなくしていない。

彼女に一つ、訊いてみたいことがある。僕を呼んでみて、風俗通いをするご主人の気持ちが理解できるようになりましたか？

ご主人は、風俗通いは浮気ではなく、お酒を飲みにいくのと同じようなただの遊びだと言ったけれど、あなたも、僕とのセックスや翌日の食事は、浮気ではなく、ただの遊びだと思いましたか？　と。

3Pを望む中年夫婦

「ホテルOへ行ってくれないかな？　中年のご夫婦のお客さんでね。三人でセックスを楽しみたいってリクエストなんだ」

冬の寒い日だった。昼の仕事で外回りをしているときに、店長から携帯に電話が入った。夫婦と聞いて、気が重くなる。

僕は、カップルから呼ばれるのがあまり好きではない。特に、中年の夫婦というのが、一番、苦手なパターンだ。

相手の男性に見られながら女性と交わるというのは、どうにも気詰まりだ。それが夫婦だと思うとなおさらのこと。

「ご夫婦ですか……。できたら、他に回してくれませんか？」

ついそんな言葉が口をついた。風が強くて、首筋が寒い。コートの襟《えり》を立てて、店長と話した。

「そう言わないで頼むよ。他に人もいないんだよ」

「今、連絡がつくの、僕だけなんですか？」

「そうなんだよ。だから、昼の仕事中なのに、電話したんだ。ね、頼むよ」

そこまで言われると、断るわけにもいかない。

「分かりました。行きます」

予約は七時からとのことだったので、仕事を片付けてから出かけた。都内の高級ホテルＯへ入ると、暖房がよく効いていて、やっと人心地が付いた。指定された部屋へ行き、ドアをノックした。

「一條ですが」

呼びかけると、中から、

「お待ちしてました」

やや太い、男性の声がした。ドアが開く。ガウンを着た、中年の男性が僕を迎えに現れた。

「さ、どうぞ、中へ」

かなり広い部屋だ。中央に立派な応接セットがあって、窓よりに大きなベッド。掛け布団が人形《ひとがた》に膨らんでおり、端《はし》がめくれていた。中年の男性も今までベッドで寝ていたようだ。とすると、人形の膨らみは、奥さんに違いない。

中年男性に勧められるまま、ソファに腰を下ろした。テレビがつけっぱなしになっている。夫婦で、ベッドに寝転がり、一緒に見ていたのだろうか。

「今日はよくきてくれましたね」

男性が言った。意外なほどもの静かで、ソフトな語り口だ。見た目は、どこにでもいそうな普通のサラリーマンだが、一流ホテルに広い部屋を取って、そこへホストを呼べるのだから、ある程度、お金に余裕のある人なのかもしれない。

僕はベッドのほうに視線をやった。布団に潜り込んだまま、女性は顔を見せない。

「妻は恥ずかしがりやでね」

男性が言った。

「ご覧のとおり、私も結構な歳になりましてね。夫婦生活も長いから、もうあまり刺激がないのですよ」

どう応えればいいか分からなかった。そうですか、と応じるのも失礼なように思える。僕は、曖昧《あいまい》に、はあ、と相槌《あいづち》を打つだけにした。

「だから、少しでも夫婦で楽しもうと思って、こういうところに女の子を呼んだり、ホストを呼んだりしてるんですよ。今回は、妻を喜ばせる番なのでね、あなたにきてもらったというわけです」

男性は、意味のありそうな笑みを浮かべ、ベッドに目をやった。が、女性は、まだ顔を見せない。

気が重い。こういう雰囲気が一番、苦手だ。僕を呼んでくれた女性が、恥ずかしがったり緊張したりして、なかなか会話が続かないことはよくある。そんなときは、女性をリラックスさせて、気持ちをほぐすように努めればいい。

でも、カップルに呼ばれて、男性は盛り上がっているのに、女性が何も反応してくれない場合は、どうしていいか分からなくなる。男性と女性、両方に気を使わなければならないから。迷っていると、

「じゃ、我々もベッドに行きましょう」

と男性が言った。二人でベッドに腰掛けた。

「ほんとに照れ屋なんだからな」

男性が誰に言うともなく呟《つぶや》き、

「今日は妻をゆっくりかわいがってやって下さいね」

と、僕に向き直った。

「じゃ、どうぞ」

男性は、ベッドの端のほうに体をずらした。

どうぞ、と言われても、布団をかぶってしまっている女性を、どう扱えばいいのか。しかも、ずっと男性に見られている。

仕方なく、布団をはいで、女性の横に寝た。彼女は、素っ裸だった。恥ずかしいのか、うつぶせになって、顔をベッドに埋めている。後ろから首筋にキスして、背中を手で愛撫した。

「あン……」

女性が、小さく声を漏らす。背中に舌を這わせた。声が大きくなる。年の割には、若々しい声だった。

腋《わき》に手を入れて、仰《あお》向《む》けにさせようとすると、ぜんぜん抵抗なく、彼女は体を上に向けた。両手で顔を覆っている。僕は、スパイラルパーマのかかったセミロングの髪を撫《な》でるふりをして、彼女の手を顔から外した。

きれいな顔立ちだ。ファウンデーションを厚く塗り、濃いめのルージュを引いているから、その分、割り引かなければならないにしても、目が大きく、美形の部類だろう。

四〇歳は過ぎているだろうから、肉が少し弛《ゆる》んでいるのは無理もないが、乳房にはまだ張りが残っていて、垂れ下がっている感じではない。むしろ、熟れ切った体の印象が強く、まだ、女性の魅力が充分に残っている。

キスしようかと思ったけれど、夫が見ていることを考えて遠慮した。ソープ嬢など、セックスを売る女性でも、お客さんにキスは許さないという。

古くさい考え方かもしれないけれど、唇は男女の最後の砦《とりで》だ。夫が見ている前で、奥さんにキスするのは気が引けた。

横に流れている膨らみを手のひらで包み込むようにして、大きめの乳房を揉《も》んだ。柔らかさと弾力が同居している大人の乳房だった。乳首を吸った。彼女が大きく喘《あえ》いだ。

が、彼女の喘ぎ方がおかしい。乳房から手を離し、もう乳首も吸っていないのに、彼女はまだ喘いでいる。

見ると、夫が指で彼女の下半身を触っているのだった。いつの間にか彼は、ガウンを脱いで裸になっていた。

夫と目が合った。彼は、

「ほら、一條さんも」

と、顎《あご》をしゃくって示す。

やりづらい。見られているだけならまだしも、プレイに参加されると、ほんとうにどうしていいのか分からなくなる。

カップルに呼ばれても、三人で一緒にプレイするのは珍しい。僕にだけ女性と交わらせて、自分は見ているだけという男性もいるし、自分も交わるとしても、それは、僕と女性のセックスが終わった後、という男性が多い。

中には、女性と交わっているところを僕に見ていて欲しいという男性もいる。でも、自分も加わって、三人で女性とセックスするケースは稀《まれ》だ。少なくとも、僕はこのときが初めてだった。

仕方がない。覚悟を決めて、二人で奥さんを愛撫することにした。夫が下半身を愛撫しているときには、僕は胸を。しばらくすると交代して、僕たちは奥さんの体をパーツに分ける具合に、それぞれ分担して愛撫した。

不思議なもので、こうなると、今までは気にならなかったテレビの音までが気にかかるようになる。バラエティ番組をやっているのか、つけっぱなしのテレビから聞こえてくる芸人の声がうるさかった。

奥さんの目が空《うつ》ろになり、唇は半開き。腰を小刻みに動かしている。ペニスを求めているのが分かった。夫に目をやる。彼は頷《うなず》き、また顎をしゃくった。

僕は、奥さんの上になり、交わった。彼女は、激しく喘ぎ、その声にふさわしいだけ、激しく腰を使った。

夫が気になる。時折、彼のほうを見てみると、もう奥さんの体に触れてはいない。間近から、僕と奥さんとのセックスを見つめている。

吃驚《きっきょう》したのは、彼のペニスだ。完全に勃起《ぼっき》しているのだが、それが尋常ではない。まるでバイアグラでも飲んだのではないかと思うほど、固く、大きくそそり立っているのだ。付け根には、血管が浮き上がって見えた。

他人のペニスが勃起しているところを見る機会は、男にはめったにない。それだけに、彼のペニスの勃起具合が、ことさら異様に見えた。

「いいよ、いいよ……」

喉をぜいぜい言わせながら、夫が言った。その声に興奮したのか、奥さんもさらに激しく喘ぎ始めた。僕は、できるだけ夫やテレビの音に気を取られないように努めながら、激しく腰を上下させた。

「もうダメ、いくーっ」

奥さんが叫んだのと、僕が射精したのが、ほぼ同時だった。奥さんから離れて、隣に横になった。奥さんが、大きく肩で息をしているのが分かる。

やりにくいセックスだった。きちんと射精できてよかった。途中で、萎《な》えてしまうのではないかと心配だった。

と、夫が奥さんの上にまたがり、異様に勃起したペニスを、そのまま彼女の性器に挿入した。奥さんがまた喘ぎ始め、夫が激しく腰を振る。

勝手にベッドを離れるわけにもいかないから、僕は天井を見つめて、彼らのセックスを見ないようにした。中年夫婦のセックス、それも、今、僕が交わったばかりの奥さんと夫がしているところなんか、あまり見たいものではない。

でも、すぐ横から、奥さんの激しい喘ぎ声と、夫の荒い息づかいが聞こえてきて、身の置き場がない。早く終わって欲しかった。

テレビの音に集中しようとしたが、今度は逆に、夫婦の声ばかりが耳に響き、テレビが何をやっているのかも分からなかった。

「あーン、いっちゃうッ」

奥さんが叫び、夫も、獣みたいな声を出した。そして、二人ともやっと静かになった。少し待って、僕は体を起こした。

ベッドの隅で、夫がティッシュで自分のペニスを拭《ふ》いていた。夫婦だから、遠慮することもないのだろう。彼は、奥さんの中で射精したようだ。

むろん、僕はスキンを着けて交わっている。後々、問題が発生してもいけないから、店の決まりで、お客さんが望んでも、スキンを着けずにセックスしてはいけないことになっている。

夫がシャワーを浴びにいった。奥さんは、ぐったりしたまま、また、ベッドに顔を埋めてしまい、何も言ってくれない。セミロングの髪と、汗のにじんだ背中やヒップが見えるだけだ。

よく見ると、背中や太ももにいくつもキスマークが付いていた。気がつかないうちに、僕が付けてしまったのか、それとも夫が付けたのか……。

浴室から戻ってきてガウンを羽織った夫が、シャワーを勧めてくれたので、僕も浴室へ行った。戻ってきて、服を着てからソファに座った。やっと落ち着いた。これで仕事は終わったのだ。いつもより長く感じられる仕事だった。

「今日はありがとう。あなたのおかげで、妻も喜んでくれましたよ」

向かいに座った夫が言った。

「私もね、久しぶりに興奮したなあ。他の男性と妻が交わって、感じているところを見るのは、私にもすごく快感があるものなんですよ」

相変わらずの、おっとりした静かな口調で夫が言う。あの、異様に屹立《きつりつ》したペニスを、僕は思い出していた。

「なあ、君もよかったろう？」

夫がベッドに向かって言ったが、奥さんは何も言わなかった。

「妻は照れ屋なんですよ」

夫が、僕に言った。

外へ出ると、冬の寒さが身にしみる。ホテルを出てからも、僕はずっと気分が重かった。どうしてだろう。奥さんはきれいだったし、体も魅力的だった。生理的にセックスしたくない相手との仕事だったわけではない。一流ホテルの部屋だから、仕事の環境としても悪くない。

三人でセックスしたのが初めてだったからといっても、もう終わったのだから、いつまでも尾を引くのもおかしい。でも、しばらく僕は気分が重かった。

考えてみると、僕は、奥さんのほうとは、ほとんど口を利いていない。セックスする相手と、話をしないなんて、他のお客さんではありえないことだ。

顔だって、セックスしている間に少し見ただけだ。こうなると、なんだか僕は人形みたいで、仕事とはいえ、虚《むな》しくなる。

だんだん分かってきた。今回の仕事は、女性を楽しませるというよりも、夫を喜ばせる仕事だったのだ。奥さんも、セックスに満足してくれたかもしれないが、一番、楽しんだのは夫だ。

　僕はここに引っかかっていたのに違いない。僕は出張ホスト。お金をもらって、女性に抱かれる。僕が喜んで欲しいのは、その女性なのだ。男性のために、女性とセックスしているわけではない。そう気づいたら、少し気持ちが落ち着いてきた。

コスプレの女

春先のぽかぽかした日だった。ＪＲ中央線中野駅の改札。そこで待っていた女性を一目見て、

「これは勘弁して欲しいなあ」

と思った。

僕はお金をもらって女性に抱かれる。それが僕の仕事だ。よく分かっている。でも……。

僕を待っていたのは、三〇過ぎの、かなり太った女性だった。問題はその服装だ。彼女は、黒いゴスロリファッションで改札に立っていた。

彼女の姿が目に飛び込んできた瞬間に、激しい違和感があった。続けて、こういうタイプの女性と、どういうふうにして時間を過ごせばいいのだろう、という不安が襲

ってきた。今まで、世間でアキバ系と呼ばれる女性とは、仕事でもプライベートでも接したことはない。

お客さんに近づくと、違和感がさらに激しくなる。嫌悪感と言ったほうがより正確かもしれない。品のない香水の強い匂いが、鼻先をくすぐっている。気持ちが顔に出ないように気をつけて、お客さんに挨拶した。

「うちは、少し遠いのね。道が分かりにくいから、駅まで迎えにきたの」

お客さんが言った。テレビアニメの声優を意識しているような、わざとらしく甘ったれた喋《しゃべ》り方だった。

これも仕事のうち、と諦《あきら》めて、彼女に従うしかない。でも、この女性に抱かれなければならないのかと思うと、正直、気が重かった。

お客さんの家までは、駅から徒歩で一五分ほど。駅前の、複雑に入り組んだ狭い道を抜けて、やっとたどり着いた。迎えにきてもらってよかった。僕一人だったら、まだ迷っていただろう。

木造の二階建て。かなり古い。昔の映画やドラマによく出てくる貧乏学生が住むボロアパートみたいだ。都内にまだ、こんな物件があることのほうが不思議に感じられる。お客さんの部屋は二階の一番奥で、僕たちはかんかん音をたてる鉄製の階段を上った。表札に、苗字の違う二人の名前が書いてあった。

「二人で住んでるの?」

訊くと、

「同棲してるの。今、カレシは留守なの」

意外な応えだった。結婚していたり、同棲していたりする女性から呼ばれるのは、それほど珍しいことではない。でも、まさか、今日のお客さんが同棲中だとは思わなかった。彼氏がいるタイプには、どうしても見えないのだ。

男にぜんぜん縁がなく、欲求不満が溜《た》まって仕方なしに出張ホストを呼んだ女性、そんなふうにしか見えなかった。

中に入ると、部屋はとんでもなくきたなかった。まったく、片付けというものができていないのだ。

彼女の洋服が、脱いだまま散乱しているし、彼氏のものとおぼしい作業着が、壁の至る所に吊ってあった。部屋を眺めていると、

「カレシはね、電気工事の職人なの。今日から出張で、二、三日は帰ってこないから、

気にしないで」

問わず語りに、彼女が言う。また、例のアニメのキャラクターみたいな喋り方だった。

散らかっている部屋の奥にもう一部屋あって、そこにベッドとテーブルが置いてある。お客さんは、そちらのほうの部屋に僕を案内して、お茶を出してくれた。

こちらも、あまりきれいとは言えない。僕を呼ぶことになって、慌てて片付けた感じだった。

「似合うでしょ？」

お客さんが訊いた。ゴスロリファッションのことだ。こんなときは、そうだね、と言うしかない。

「カレシの前でもこんな格好をしたいんだけど、させてくれないの」

「そうなの？　好みが違うのかな」

そう言ってはみたけれど、僕には彼氏の気持ちが、よく理解できた。

「ぜんぜん、物足りない人なの。つまんない」

「もう長いの？」

「同棲は三年くらいかな」

「じゃ、物足りないなんて言っちゃかわいそうだよ」

「人間としては大好きなのよ。でも……」

よくあるケースだと思った。夫婦でも、恋人同士でも、長く一緒に生活していて、人間としては愛し、気に入っている。でも、セックスが物足りない。だから、出張ホストを呼ぶ。よくあるパターンだ。

彼女もそれだろうと思った。特に、彼女の場合は、プロである僕までがつい引いてしまいたくなるタイプだ。同棲期間が三年にもなると、彼氏もあまり、彼女を抱きたいとは思わないのだろう。でも、今日のお客さんは、少し、違うタイプのようだった。

「カレシはね、カワイイカワイイしてくれないの。あたし、いっぱい、カワイイカワイイして欲しいの」

「カワイイ、カワイイって、どうして欲しいの?」

彼女は僕の手を取り、自分の頭を撫《な》でさせた。

「こうやってね、頭を撫でながら、カワイイ、カワイイって……」

これも仕事だ。僕は彼女の頭を何度も撫でて、そのたびに、「カワイイ、カワイイ」と言ってあげた。

彼女は、まるで猫みたいに僕に体をすり寄せ、何度も、

「ねえ、もっともっと、カワイイ、カワイイしてぇ」

と甘えた。僕は、彼女の望む通りにしてあげた。


しばらくして、彼女が自分で服を脱ぎ始めた。下着姿になると、腹の肉はたるんで重なり合い、ブラのストラップは贅肉に覆われて、半分ほどが肉の中に埋没していた。彼女は素っ裸でシャワーを浴びにいき、戻ってくるとベッドに横になった。僕もシャワーを使い、彼女の横に寝転がった。

これから、このお客さんとセックスしなければならないと思うと、気が重い。できるならば、避けて通りたい。が、仕事だから、そういうわけにもいかない。

ところが、お客さんが、意外なことを言った。

「手でしてもらえるのよね？」

と訊いたのだ。どうやら、性感マッサージと勘違いしているようだ。もちろん、ウ

チの店は違う。お客さんが望めば、セックスまでできる。でも、僕は、お客さんに合わせた。

「ええ。手でできますよ」

「して。カワイイ、カワイイしながら、手でして」

お客さんが言う。

僕は、まず、さっきと同じように、小さい子にそうするみたいにお客さんの頭を撫でて、何度も、

「カワイイよ、カワイイよ」

と言ってあげた。お客さんは、うっとりとした顔で、僕に頭を撫でられていた。続けて、手で背中を撫でてあげると、

「ひっ……」

と、声を上げて、お客さんは体を震えさせた。どこを触っても同じ状態で、お客さんは不自然なくらい感じてくれた。性器に触れてみると、完璧に潤っている。陰毛から尻のあたりまで、愛液まみれだった。

クリトリスを指先でくすぐってみる。お客さんは、これまでにも増して大きな声を

上げる。僕は、お客さんの性器の中に、中指を入れた。

素早く突き上げる。少し緩《ゆる》い感じがしたので、人差し指も入れ、二本の指でお客さんの性器の内側をかき回した。

「すごーい、いいっ、いいっ……」

大声を上げ、身をよじり、お客さんは、かなり感じてくれているようだ。本当なら、ここでペニスを挿入して、お客さんに満足してもらうのが僕の仕事だ。が、今回ばかりは、どうしてもしたくなかった。

「サービスは、ここまでになってますけど……」

お客さんに言った。彼女は、やっと我に返ったような雰囲気で、

「カワイイ、カワイイして欲しい」

と、甘ったるい声で言った。僕はまた、髪を撫でて、カワイイ、カワイイと言ってあげた。彼女は喜んで、体をくねらせている。

「セックスしたくなっちゃうね。でも、ダメなのよね？」

「ごめんなさい。お店の決まりで、セックスはできないんですよ」

僕は言った。もちろん、ウソだ。彼女には申し訳ないけれど、僕がどうしてもセ

ックスしたくなかっただけだ。「分かった。じゃ、時間までカワイイ、カワイイして」

僕は、そのあと、二〇分くらい、彼女の髪を撫でて、カワイイ、カワイイと言い続けていた。彼女はとても満足そうな顔で、僕に抱きついていた。


終わった後、僕たちはシャワーを浴び、服を着てから少し、話をした。彼女によると、近頃、彼氏は仕事から帰ってくるとすぐに寝てしまい、二人の間にセックスはほとんどないのだそうだ。

「カレシも疲れてるんだから、それは理解できるの。セックスが少なくってもいいの。でもね、カワイイ、カワイイだけはして欲しいの。でないと、物足りないの」

とお客さんは言った。

「今日は楽しかったわ、ありがとう。また呼んでいいでしょ？　次はどんな恰好《かっこう》で待ってて欲しい？」

お客さんは、ゴスロリだけではなく、コスプレのバリエーションをたくさん持っているのだそうだ。もう呼んでくれないのが一番いい、と言うわけにはいかないから、

「僕はそういうの、詳しくないんだよね」

とりあえず、そう言ってみた。

「そうなの？　じゃ、次はメイド服で待ってるね」

正直ゾッとした。

お客さんは、玄関先まで僕を送ってくれ、最後にもう一度、

「またカワイイ、カワイイしてね」

と言った。


お客さんに呼ばれても、セックスしないことは、たまにある。話だけを聞いて欲しいというお客さんもいるし、セックスまでするのはやはり抵抗があるから、ペッティングだけで終わりたいというお客さんもいる。

でも、今回のお客さんのように、お客さんはセックスを望んでいるのに、僕がしたくなかったからしなかった、というケースはこの一度きりだ。それは、生理的嫌悪感に近かった。プロとして、してはいけないこと、との非難もあると思う。それは甘んじて受けたい。

でも、僕は思う。きっと、彼女が求めていたのは、セックスじゃなかったんだと。カワイイ、カワイイのほうだったんだと。

ビデオカメラを持参する女性

　そのお客さんとは、池袋の喫茶店で午後四時に待ち合わせる約束だった。時間通りに指定された喫茶店へ入ると、ゴールデンウイークの谷間だからか、客はまばらだ。でも、それらしい女性は見当たらなかった。

　席に座り、コーヒーを頼んだ。時間だけが過ぎていく。お客さんは現れない。待ち合わせの時間を間違えたのかと思って、携帯から店に問合せの電話を入れた。

「あ、一條君か。ごめん、ごめん。お客さんから店に連絡があってね、もう池袋に来ているんだけど、買い物をしていて、少し遅れるとのことだ。悪いけど、もう少し待っててくれるかい」

　店長が言う。それなら仕方がない。僕は、もう一杯コーヒーを頼んだ。でも、お客さんはまだ来なかった。もう五時になっていて、約束の時間を一時間、過ぎている。

もう一度、店に電話を入れた。

「あと五分だけ待って。もうそっちに向かってるって連絡があったから」

溜息《ためいき》が出た。いつまで待てばいいんだろう。

しばらくたって、明るい色のワンピースを着た細身の女性が、店内を見回しながら入ってきた。店長から聞かされていた服装だ。この女性がお客さんに間違いないと思った。

反射的に時計を見た。五時一五分。約束の時間を、一時間一五分も過ぎている。でも、それだけ待たされたことが、全然、不満に思えなかった。お客さんは、きれい過ぎるほどきれいな女性だったからだ。

彼女も僕が待ち合わせの相手だと気づいたようだ。小さく頭を下げながら僕の席に近づいてきて、向かいに腰を下ろした。

「ごめんなさい、待たせちゃって。お買い物をしていたら、ついつい、時間が過ぎちゃったのよ」

心底、申し訳なさそうな調子で、僕に言った。

二〇代の半ばくらいの年恰好で、身体《からだ》は凄く細い。面長の顔は、典型的な美人顔で、今まで僕を呼んでくれたお客さんの中で、一番、きれいだと思った。

店長から、スポーツインストラクターをしている女性だと聞いていたけれど、外見からはそんな感じはまったくしない。

「遅くなっちゃったから、すぐに出ましょうか」

お客さんはレシートを取って立ち上がった。僕が飲んだ二杯分のコーヒー代は、彼女が払ってくれた。

喫茶店を出て、二人で駅前の通りを歩く。頰《ほほ》を撫でる春風が、とても気持ちよかった。仕事ではあるけれど、こんなきれいな女性と歩いていると思うと、心が浮き立つようだ。

初対面なのに、彼女は緊張する様子もなく、ごくごく自然に振舞っている。周りの人には、仲のいいカップルに見えたかもしれない。

とりとめのない話をしているうち、お客さんが突然、

「聞いてます？」

と言った。店長からは、お客さんの仕事と服装のほかは何も聞かされていなかった。

「ビデオのことなんだけど……」

「ビデオ?」

あまりに突然だったので、思わず、聞き返していた。

「どうしてもOKして欲しいの」

訊くと、僕とセックスしている様子を、ビデオに録画したいのだという。

迷った。やはり、ビデオにセックスを録画するのは怖い。それがどこに流出するか分からないからだ。僕は、昼は普通のサラリーマンだ。もし、上司や同僚が、万が一にもそのビデオを眼にしたら……そう思うと、やはり、不安だった。

「お願い。それが条件なの」

彼女は強く迫ってくる。そこまで言われると、断り切れなかった。それに、僕も、少しは興味があったのだ。お客さんはとてもきれいだし、こういう女性と、ビデオで録画しながらセックスするというのは、めったに経験できることではない。

「分かりました。じゃ、いいですよ。でも、あまり僕の顔が映らないようにしてくれますか?」

満足顔で、お客さんが頷いた。

ところが、急に、彼女が喋らなくなり、会話が途切れてしまった。僕がお客さんの好きなタイプじゃなかったのだろうか。

心配になって訊いてみると、

「タイプ？　そんなの関係ないわ。だって、誰でもいいんだもん。ビデオを撮ることだけが目的なんだから」

お客さんは淡々とした調子で、そう言った。

ホテルに入ると、お客さんはすぐに部屋の中を歩き回って、カメラの位置を決め始めた。ここから撮るとこうなるから、などと独り言を言っている。かなり、慣れている様子だ。

「ビデオ、どうするの？」

録画を了承したものの、この時点ではまだ、不安があった。ひょっとして、裏ビデオの業者なのかもしれない。知らないうちに、僕のセックスビデオが市場に流通したりしたら、たまったものではない。

「彼氏の趣味なのよ」

「彼氏の？」

「そう。彼氏はね、あたしが他の男の人とセックスしているところを撮ったビデオを見るのが趣味なのよ」

お客さんが言った。また、淡々とした口調だ。今までも、何人もの出張ホストを呼んで、彼らとのセックスを録画した経験があるらしい。

「おかしな趣味だね。君はイヤじゃないの？」

「私は、好きじゃないわ。だって、面倒くさいもん。でも、彼氏が好きなら、私はそうしてあげたいのよ。彼氏のために、仕方なくやってるって感じかな」

そういうものなのだろうか。僕にはよく分からないけれど、彼氏にしても彼女にしても、それが相手への愛情表現なのだろう。

カメラの位置を決めた彼女は、シャワーを浴びてから、ベッドルームへ戻ってきた。入れ替わりに、僕もシャワーを浴びた。

裸になった彼女は、身体もとても素晴らしかった。全身が引き締まっていて、無駄な肉が一切ない。スポーツインストラクターだというのがやっと理解できた。

驚いたのは、乳房の豊かさだ。洋服の上からは、こんなに大きな胸だとは気づかなかった。着痩《や》せするタイプなのだろうか。しかも、とても形がいい。

全身の均整が取れていて、抜群のプロポーションだ。これだけ美人で、これだけ素敵な身体を持ったお客さんは、初めてだ。裸を見ているだけで、むしゃぶりつきたくなる。

でも、恋人同士みたいなセックスは無理だった。なにしろ、これからビデオ撮影をするのだ。ハンディカメラを手にして、お客さんがあれこれと注文を出し始めた。

「いい？　必ず、入れて欲しいシーンがあるの。まず、あたしがフェラチオしてるところ、それからバックから挿入してるところ。フィニッシュは顔に出してね」

「それも、みんな彼氏の趣味なの？」

一瞬、彼女は黙り、しばらく間を置いてから言った。

「そうよ」

カメラを持ったまま、お客さんが、自分から僕にキスしてきた。股間に手をやってみると、まだ何もしていないのに、たっぷりと濡れている。

「じゃ、お願いね」

お客さんが、僕にカメラを渡した。それを抱えてベッドに横になる。お客さんが、僕のペニスを咥《くわ》えた。強弱をつけた舌で、ペニスを舐《な》めながら、強く吸い上げ始めた。快感が全身を貫く。

でも、快感に身を任せているわけにはいかない。彼女がフェラチオしているシーンをビデオに残さなければならないのだ。僕は、ペニスを咥えた彼女の顔を、手ぶれに気をつけながら、ビデオに収めた。

フェラチオが終わったあとも、積極的だった。僕のペニスを手で愛撫したり、自分の乳房を僕の口にあてがったり……。

凄く素敵な女性の乱れた姿だ。ほんとうなら、僕も興奮して、セックスを楽しむところだ。でも、そうはできなかった。ビデオカメラを持ったままだから、落ち着かないのだ。セックスに集中して、きちんと録画できなかったらどうしよう、と考え始めると、自分が何をしているのかさえ、分からなくなった。

体位を変えて、お客さんを四つんばいにならせ、後ろからペニスで身体を貫いた。彼女が激しい喘《あえ》ぎを漏らし、とても締りのいい柔らかな肉襞《にくひだ》に包まれた僕のペニスには、とろけてしまいそうな快感があった。

でも、それを楽しむわけにはいかない。僕は左手でお客さんの腰を押さえて、激しく彼女を突き上げながら、右手でカメラを持ち、その様子を撮影した。

どうしてもカメラが揺れてしまう。これで、きちんと撮れているのだろうか。僕は心配だった。お客さんは、そんなことを気にかける様子もなく、気持ちよさそうな喘ぎを漏らし続けている。やがて、お客さんも前後に腰を動かし始め、喘ぎ声もさらに大きくなった。

果ててしまう前にペニスを抜き、また体位を変えた。今度は、僕が上になり、正常位で彼女を抱いた。

お客さんは、ビデオ撮影していることなど、もうすっかり忘れているように見える。髪を振り乱しながら、顔を激しく左右に振り、遠慮のない大きな喘ぎ声を発している。そのたびに、大きな乳房が魅力的に揺れた。

やがて、お客さんが、

「いくっ、いっちゃうー」

と叫んだ。僕にも絶頂が近づいていた。僕はペニスを抜き、リクエスト通り、彼女の顔の上に、白濁した液体を放出した。その瞬間、彼女は絶頂を迎えたらしく、身体を大きく痙攣《けいれん》させて、声にならない息を吐いた。

僕は、その様子を、特に丹念にビデオに録画した。普通ではない体験で、興奮していいはずなのに、終わったあと、ぐったりとしてしまった。

セックスが終わったあとのお客さんは、淡々としたものだった。隣に僕がいるのも忘れたかのように、彼女はベッドの上で立膝《たてひざ》の姿勢になり、メンソール煙草に火を点《つ》けた。

そのまま、今撮ったばかりのビデオを再生して、一シーン一シーン、丹念に見直している。

「うん。ちゃんとフェラも顔射も入っているわね」

などと呟きながら。

膝を立てた姿勢だから、彼女の性器が見える。薄めの陰毛に包まれたそれは、今でもまだ、濡れているように見えた。でも、彼女はもう、僕とのセックスには、まったく興味がないようだった。

どっちが本当の彼女なのだろう……唐突に、僕はそう思った。さっきまで、激しく喘いでいた彼女と、今、まるでディレクターみたいにビデオの画像を確認している彼女とが、同じ女性だとは、どうしても思えなかったからだ。

ひょっとして、さっきの乱れ方は、彼氏に見せるビデオのための演技だったのだろうか？　とてもそんなふうには思えなかったのだけれど。

出張ホストの仕事をしていて、セックスをビデオ録画したのは、これが最初で最後だ。今でも、彼女はホストを呼んで、自分がセックスしているところを録画しているのだろうか。そして、彼氏は、それを見て、喜んでいるのだろうか。そう思うと、とても不思議な気分になる。彼女が、今までのお客さんの中で、一番、素敵な女性だったから、なおさら、そう考えてしまうのかもしれない。

不倫に悩む女性

日曜日の夜、八時頃僕はぼんやりと明日の仕事を考えていた。その時、店長から突然、携帯に電話が入った。今から、お客さんのところへ行ってくれないかと言う。日曜のこんな時間に、急な予約が入るのは珍しい。お客さんのマンションへ直接行って欲しいという依頼だ。

指定されたマンションは、目黒と五反田のちょうど、中間くらいのところにあった。まだ新しいきれいな建物だ。オートロック式の玄関から、インターフォンで指定された部屋を呼んだ。

「はい、どなた？」

上品な声だ。まだ三〇前の、若い女性の声に聞こえた。

「一條ですが……」

「お待ちしてました」

女性が送受器を置く音がしたと同時に、玄関のロックが解除された。

1LDKの間取りの、女性らしい部屋だった。きれいに片付けられていて、掃除も行き届いている。夏の蒸し暑い日で、冷房が強くしてあった。

お客さんは、LDKの大きな革張りのソファに座って、僕を迎えてくれた。端正な顔立ちで、年はやはり、三〇歳少し手前に見える。肩くらいまで伸ばした髪は、少しだけ茶色く染めてある。

でも、派手な感じはぜんぜんない。頰《ほお》が赤らんで見えるのは、少し、お酒が入っているようだ。

「よくきてくれたわね。急な予約でごめんなさいね。無理させちゃったんじゃない？」

「そんなことないですよ。呼んでいただいて、ありがとうございました」

型通りの挨拶をした。

「待ってる間、少し吞《の》んでたの。もうちょっと吞みたいけど、いい？」

「いいですよ」

「あなたは、何がいい？」

僕は、あまりお酒を呑まない。でも、断るのも悪いから、同じものでいいですと答えた。

「たいしたものはないのよ」

お客さんが冷蔵庫から、缶入りのバドワイザーを二つ持ってきて、テーブルに置いた。

「先に呑んでて」

また冷蔵庫のほうへ行き、中からカマンベールチーズとレタスを取り出して、流し台のところへ行った。

「こんなものしかないけど」

大きな皿に、レタスをしいて、その上に薄く切ったカマンベールチーズと、カシューナッツを盛ってあった。

「乾杯」

お客さんが、栓を開けた缶を軽く持ち上げた。

日曜日の夜、急にホストを呼ぶ気になった割には、がつがつしたところがぜんぜんない。セックスの相手をする出張ホストを呼んだというよりは、親しい友人を部屋に招いたような雰囲気だ。

「テレビつけていい？」

リモコンでスイッチを入れた。

「これ、毎週、見てるのよ」

僕は見たことのない、バラエティ番組だった。ソファに並んで、二人でビールを飲みながら、テレビを見る恰好になった。そのうち、雑談まじりの会話になる。

「日曜のこんな時間に呼ぶお客さんって、少ないんでしょう？」

「そうですね。前からの予約の人なら、日曜でも珍しくないけど、日曜の夜に電話があって、今からすぐ、というのは……」

「そうよね」

お客さんは、チーズを口に運びながら話している。

「あたし、日曜が苦手なの。日曜の夜は、いつも寂しくなるのよ」

「どうして？」

「実は、あたし、家庭のある人と恋をしてるの」

「そう……」

「彼はね、いつも、突然、この部屋へくるのよ。何の連絡もせずに。でも、日曜は家庭に戻るでしょ？　だから、日曜は彼とは会えない日なの。平日はね、今夜くるのかな、もうすぐきてくれるのかなって、ドキドキしながら過ごせるんだけど、日曜は最初から、絶対に彼はこないって分かってるでしょう」

　土曜の夜と日曜の貴方がいつも欲しいから、という流行歌の歌詞を思い出した。

「今夜、会えないのが辛《つら》いんじゃないのよ。来週になったら、また会えるんだから。でもね、今、彼が奥さんや子どもと幸せな時間を過ごしているかと思うと、辛くて仕方なくなるときもあるのよ……」

　お客さんは、冷蔵庫からもう一本、バドワイザーを持ってきて、栓を開けた。

　彼女は、こちらが何も訊かなくても、不倫相手のことを詳しく話してくれた。僕は完全に聞き役で、時折、相槌を打つだけだ。

　お客さんが言うには、彼女は元々、今の不倫相手が経営する会社に勤めていた。そのうち、男女の関係になり、彼女は退社。今は無職で、たまに友達がやっているスナックを手伝う程度だそうだ。マンションの費用は、不倫相手が出してくれている。

「まだ三〇代の後半なのに、実業家として成功して、すごくバイタリティがあるのね。そんなところに惹かれたの」

少し、酔いが回ってきたように見えた。目がとろんとして、頰の赤さが目立つ。

「彼に口説かれてね、その口説き方もバイタリティに溢《あふ》れてて……。あたしも参っちゃったわけよ。彼に魅力があったから、奥さんや子どものことを考える余裕はなかったなあ」

お客さんは、空になったバドワイザーの缶を手で握りつぶして、流しの側《そば》に置いてあったゴミ箱に向かって放り投げた。

角に当たって上手《うま》く入らず、金属音をたてて缶が転がった。彼女はもう一本、バドワイザーの栓を開けた。

「あなたも吞まない？」

「僕は、まだ残ってますから」

「遠慮しないでね。それでね、今になって、これでよかったのかなあ、なんて悩んじゃうわけ」

「ほかの人は、その人とのこと、知ってるんですか?」

彼女は首を振り、

「ほとんど知らないわよ。あたしも、親しい友達にしか話してないし、こういう関係になった後、すぐに会社を辞めちゃったでしょ? だから、会社の人は誰も知らない」

「じゃ、相談できる人も少ないですね」

それには答えず、お客さんは、

「あたし、迷ってるのかもしれない。彼と別れたほうがいいのかもって。いつもね、日曜日は、こうやって、お酒を呑みながら、考え込んじゃうのよ」

と言った。

今夜は、セックスはないかもしれないと思った。彼女は、考え込んで寂しい夜に、愚痴を聞いてくれる相手が欲しかっただけなのかもしれない。

二時間の予約だったが、お客さんは、一時間以上、お酒を飲みながら話をしている。きっと、このまま話だけで終わるのだろう。そう思っていると、

「ねえ、今頃、彼は奥さんとセックスしてんのかな?」

と、お客さんが言った。

「あたしと付き合ってても、彼は奥さんのことが嫌いなわけじゃないのよ。仲が冷えてるわけでもないの。奥さんのことも、抱いてると思う」

かなり酔いが回ってきたようだ。

「家族みんなで仲良くご飯食べ終わって、今頃、奥さんとセックスしてんのよ。何よ。そんなんなら、あたしだって、浮気くらい……」

セックスしたくなったんだな、と思った。寂しくてたまらないんだろうな、とも思った。僕は、彼女にキスをして、ソファに押し倒した。

ブラウスを脱がせる。はち切れそうな乳房が、ブラを持ち上げている。後ろへ手を回して、ホックを外した。白くて大きな乳房だ。乳首にキスした。

「いいっ」

お客さんが、首に手を回してきたかと思うと、僕に強く抱きついて、口に舌を入れてきた。抱きしめあったまま、激しいキス。なんだか、現実から逃げようとしているみたいに感じられて、痛々しかった。

スカートを脱がし、ショーツの上から、股間を愛撫した。

分かった。

「いいわ……、もっと、もっとよ……」

大きく叫ぶ。まるで、叫び声と一緒に、何かを吐き出そうとしているみたいだった。指には、ぬるぬるした感触がある。ショーツの上からでも、潤っているのがはっきり分かった。

ショーツを下ろし、濡れた性器を指でたっぷり愛撫してあげた。お客さんはずっと、不自然なほど、激しく大きな声を出し続けている。

「欲しい」

ズボンと下着を脱いだ。もう固くなっている。素早くスキンを着け、ペニスをお客さんの性器に滑り込ませた。

「ああ、いいっ」

僕たちはもう、獣だった。彼女は、吐き出せない何かを、無理やりに吐き出そうとするかのように、不自然な大声を出し、それにふさわしいだけ、激しく乱れた。僕も、彼女に合わせて、激しくお客さんを抱いた。

「あっ……」

お客さんが、驚いた声を出した。僕が先にイッてしまったのだ。お客さんは、絶頂を迎えることはできなかったようだ。

ちなみに、お客さんがイッてセックスを終えるのが理想だが、どうしてもそうならないときもある。そういう場合は、ホストのほうがイッた時点で、仕事は終わりとするのが、出張ホストのルールだ。

もちろん、挿入してすぐにイクなどして、お客さんがまったく楽しめないのではどうしようもないし、ホスト失格だ。でも、ある程度の時間保てば、お客さんより先にイッても、そこで仕事は終了なのだ。

「よかったわ……」

お客さんが言った。下着だけ着けた格好で、ソファに座っている。

「イカせてあげられなかったみたいで、すみませんでした」

「ううん、そんなことないの。彼に隠れてセックスしてみて、なんか、すごくすっきりした感じがする。気持ちのバランスが取れた、とでも言うのかな」

お客さんはまた、バドワイザーに手をつける。

「あたし、なんだか、吹っ切れたような気がする。でも、こんなふうに思うのは、今夜だけなのかな。明日になったらまた、いつ彼がきてくれるんだろうって心待ちにして、次の日曜には、また一人でお酒を呑んで悩むのかもね」

言いながら、お客さんはバドワイザーを空け、僕に向かってにっこり微笑んだ。そろそろ、時間だった。

僕は礼を言い、仕事を終えた。彼女が玄関先まで送ってくれた。

もう夜も遅いというのに、外は蒸し暑かった。ふっきれたと思うのは今夜だけで、明日になったらまた、同じことを繰り返すだろう、と彼女は言った。でも、僕は、少し違うように考えていた。近い将来、彼女が、不倫の関係を清算するだろう。何故、そうかと言われると、具体的に説明するのは難しい。でも、彼女はきっとそうするだろうと思う。

もし、これから先、うちの店に彼女からの予約の電話が入らなければ、踏ん切りをつけたと考えていいんじゃないだろうか。僕はそんなことを考えていた。

通りから、マンションの彼女の部屋を見上げた。カーテン越しに灯《とも》っていた明かりが消え、部屋が暗くなった。

僕が出張ホストになった訳

「借金してでも買うべきだね」

大学の先輩で、卒業後も親しく付き合っていたKさんが言った。一九九八年秋。NTTドコモ株公開が決まったときだ。場所は、当時、六本木にあったおしゃれなカフェバー。

僕が株への投資を始めたのは、大学卒業後、数年たった頃だった。元々、投資や資産運用には興味があった。就職して数年が過ぎ、少しだけど蓄えもできたので、そろそろ株を始めようと思った。

でも、若手社員が投資に回せる金額なんて、たかが知れている。投資額は、全部合わせても三〇万から四〇万といったところだった。

それも、素人が新聞や週刊誌に載っている推奨株を少しずつ買う状態だから、ほとんど利益も出ない。ちょうど、バブルが弾けて、株式市況が冷え込んでいたときでもあり、無理もなかった。だから、資金を運用しているなんて実感も持てない。

そんなとき、ＮＴＴドコモ株の公開が決まった。ちょうどアメリカでは一九九五年頃からＩＴバブルが始まっており、ＩＴ関連株なら、なんでも値上がりする状態が続いている。

そこへきてのＮＴＴドコモ株の公開だ。日本でも、これに引きずられて、ＩＴ関連株が急騰する可能性が高かった。

Ｋ先輩は、僕より少し早く株式投資を始めた人だ。投資額は僕よりは多かったが、あまり儲けが出ていないのは、似たりよったりだった。彼とカフェバーで食事をしているとき、

「ＮＴＴドコモ株をどう思う？」

と訊かれた。

「アメリカのＩＴバブルを参考にして考えても、将来性は高そうですよね」

「どうする？　買ってみるかい？」

「うーん……」

僕は言い澱《よど》んだ。当時、NTTドコモ株の公募価格は一株三九〇万円。一般からの申し込みには、抽選で割り当てられることになっていたが、あまりに高値だから、思ったほど、一般の申し込みは多くなかった。

「ちょっと高すぎますよね。今持っている株を処分するとしても、手元には資金が二〇〇万くらいしかないから、ちょっと無理ですよ」

そう言うと彼は、それなら、借金してでも買うべきだ、と言ったのだ。

「考えてごらん？　今なら、申し込めば必ず、手に入るんだ。値上がりするのは目に見えている。それなら、指を咥《くわ》えて眺めている手はないじゃないか」

僕には、過去に借金した経験がない。正直に言って不安だった。でも、K先輩はあくまでも強気だ。

「俺はもう、借金して申し込むことを決めてるんだよ」

K先輩にはまったく不安を感じている気配はない。僕もだんだん、その気になってきた。

翌日から、金策に飛び回り、借りられる所からは、借りられるだけ借りた。親兄弟や、勤務先のフリーローン、大手の消費者金融、信販会社……合計で、八〇〇万円を用意した。

それに手持ちの金を加えて、NTTドコモ株を三株申し込んだ。値嵩感《ねがさ》があって申し込みを控えた人が多かったのか、申し込んだ数をそのまま入手できた。高い初値が付くという自信はあったものの、上場日までは落ち着かなかった。

上場当日、K先輩と一緒に、証券会社の店頭に陣取った。初値が気になって、会社は休んだ。僕たちと同じ理由で集まったと思われる人が、ほかにも何人もいた。買い気配のまま商いは進み、結局、NTTドコモ株は、初値四六〇万を付けた。この時点で一株九〇万円、手持ちの三株を合わせると、二七〇万円の儲けだった。

「やった！」

思わず叫んだ。

「ああ。でも、こんなものじゃない。もっともっと上がるよ」

K先輩も頬を紅潮させている。

これがすべての始まりだった。この日から、僕は株にのめりこみ、やがて破綻《はたん》をむかえる。そして、お金をもらって女性に抱かれる、出張ホストの仕事をするようになる。

その後は順調だった。一つの成功が呼び水になる恰好《かっこう》で、僕は次々に株への投資で成功していった。K先輩も同じだ。九九年になると、アメリカの後を追うようにして、日本でも本格的なITバブルが発生。我々の前途には、洋々たる未来以外の何ものも待っていないように思えた。

通信、コンピュータ株は軒並み値上がりした。よく考えてみれば、中小の広告代理店に過ぎないような企業でも、インターネットでの広告を謳《うた》い、IT企業を名乗れば、すぐに上場が認められ、株は必ず上がった。

まるで、日本中がITの掛け声に踊り狂っているようなありさまだ。僕も、負けずに踊り狂った。

僕とK先輩の生活も大きく変わった。二人でよく食事に出かけたが、一度に使う金額が、一人一万から四万になった。それでも高いとは思わない。金銭感覚が麻痺し始めていた。

キャバクラにもよく行った。こちらのほうは、一晩に二〇万は使った。高いワインを開け、女の子には、ネックレスや指輪をプレゼントしてあげた。毎日が充実していた。何よりも、自分に自信を持てたのが大きい。

「僕はたいした男なんだ。株式投資で成功した人間なんだ」

そんな思いが、全身に充《み》ちていて、僕は自信に溢れていた。周りには女の子たちも集まってきて、楽しい毎日だ。

仕事振りも、当然変わった。朝、自宅の最寄駅で日経新聞を買い、証券会社の近くにあるマクドナルドで朝食を摂《と》りながら、新聞を隅々まで読む。市場が開く朝九時になると証券会社へ行き、九時半までは毎日、店頭にいた。その後、やっと自分の会社へ出社する。もちろん、遅刻だ。

昼までは会社の仕事をするが、昼食を終えると、適当な嘘《うそ》をついてまた、証券会社へ行った。値動きを確認して、会社へ戻る。後場の終わる三時には、もう一度、証券会社へ……毎日が、そんな生活になった。その間、値動きによっては、株の売買をする。

帰宅時は、駅の売店で証券新聞を買う。自宅の最寄駅に着いたら、毎日、決まって駅前の定食屋で夕食を摂りながら、証券新聞を一行残さずに読んだ。自宅へ戻ると、テレビの経済ニュースだ。

日本時間の午後一〇時半には、ウォール街の市場が始まる。その時間には、ＣＳの経済チャンネルでニューヨーク市場の動きをチェックした。経済雑誌や株式雑誌はすべて購入し、全部の記事に目を通す。

それらがすべて終わるのが午前三時頃だ。五時間弱眠り、朝になるとまた、同じ行動を繰り返した。

こういう生活が楽しくてたまらなかった。一端《いっぱし》の相場師になったようで、充足感があるのだ。ひょっとしたら、投資で得た利益より、こういう生活ができることのほうが、僕には意味があったのかもしれない。

Ｋ先輩も同様の生活を送っていた。一つ、僕と違ったのは、彼は高級外車など、形に残るものを買ったけれど、僕は利益は豪勢な食事や、夜の遊びに浪費し、高いものを買う、という方向に行かなかったことだ。

この頃、僕は一つの投資方針を決めた。光通信とソフトバンク、この二銘柄に特化して、集中的に投資しようと決めた。両銘柄は、世間の注目を浴びていたし、僕もこの二つの会社の経営方針には魅了されていた。これ以上の成長株があるとは思えなかった。

この時期になると、僕の投資資金にもかなり余裕があったから、一度に一〇〇〇万つぎ込んだこともある。時の勢いとは恐ろしい。それが一週間で一三〇〇万に値上がりするのは当たり前で、大金をつぎ込むのにまったく恐怖感を覚えなかった。

そんなある日の晩、麻布十番のおでん屋へ行った。いつものように、K先輩と六本木のキャバクラで遊んだ後だった。カウンターだけの小さな店で、四〇がらみの女将《おかみ》が一人で取り仕切っていた。

僕もK先輩も、ブランド物の見るからに高そうなスーツを着ていた。女将が、

「どんな仕事をしてるの？　まだ若いのに羽振りがよさそうね」

僕とK先輩は顔を見合わせて、含み笑いをした。

「普通のサラリーマンですよ」

「嘘でしょう。普通の若いサラリーマンがそんなにお金を持っているわけはないわ」

こういう言われ方をするのが好きだった。自尊心がくすぐられる。

「実はね、株式投資をやってるんですよ。それで成功してね」

「そうなの……」

女将が溜息《ためいき》をついたように見えた。

僕と先輩は、女将を無視して、二人で市場の話をしたり、どうやって会社にばれないように証券会社に行くか、などと話したりしながら、おでんをつついた。

「あなたたち――、いつまでもそんなことは続かないわよ。サラリーマンなら、真面目に会社で働かなくちゃ」

一瞬、座が白けた。

「日本人て懲《こ》りないわね。ついこの間、バブルが弾けたと思ったら、また同じことをやってるのね。この近くにもね、バブルの頃、地上げをしたまま、更地になってる土地がいくらでもあるわよ」

「そうですね……」

女将に話を合わせはしたものの、僕たちはまだ、そんなことがあるはずはない、と考えていた。いや、失敗がどういうものか、その実感すらなかった。僕たちが失敗するなんてことが、あるもんか。あってたまるもんか。

破局はいつも、唐突に訪れる。二〇〇〇年二月。ＩＴバブル崩壊。第一報に接して、すぐに証券会社に行った。K先輩の姿もあった。

「先輩、どうなってるんです？」

「これはもう、厳しいかもしれないね」

光通信株がストップ安で値が付かず。連動していたソフトバンク株も急落している。足が震えた。僕は、全資金を光通信とソフトバンク株に集中的に投下している。このまま下がり続けたら、とんでもないことになる。

悪い予想は当たった。その後も両銘柄は値を下げ続け、一時は最高値の二〇分の一まで値下がりした。異常事態といっていい下落振りだ。

でも、僕は撤退する気になれない。撤退するには大きすぎる損失を出している。資金のある限り、ソフトバンク株につぎ込んだ。それしか方法がない。ここで撤退したって、残るのは多額の借金だけだ。

その年の四月、ニューヨークのバブルが弾《はじ》け、株価が大幅に値下がりしたことが、最後の決定打となった。直《ただ》ちに日本市場にも影響、IT関連株の急落が始まった。

僕は、また値上がりすることを期待して、ソフトバンク株に資金を投入しつづけている。どこかで踏ん切らなければ、奈落《ならく》の底に落ちていくのは明らかだった。でも、決断ができない。あれほど華やかな毎日を過ごしていたのが、ついこの間のことなのだ。僕はまだ、正確には事態が飲み込めてなかったのかもしれない。

K先輩とは、その頃もよく会っていた。お互い損失を出しているから、最盛期のように、三万も四万もかかる店には行けない。ファミリーレストランやファーストフード店で会うことが多くなった。

「先輩、その後、どうですか？」

「かんばしくないね。でも、必ず、もう一度、揺り戻しがあるはずだ。それまで、なんとか頑張ろうじゃないか」

「そうですよね。まだまた、これからですよね」

「そうだとも……」

お互いに励まし合うのだが、いつか言葉数が少なくなり、最後には押し黙ってしまう。NTTドコモ株を勧めたときの、K先輩のあの自信に満ちた態度は、もうどこにもなかった。

そろそろ、潮時なのに違いない。勤務中にも、証券会社から僕によく電話がかかるようになっている。用件は決まっていて、必ず、値下がりの報告だ。夜中に悪夢にうなされて、飛び起きることも多い。このままの生活を続けていれば、いつか自殺してしまうのではないか、そんな恐怖感に襲われるようになっていた。

二〇〇〇年の末、僕はすべての持ち株を手放す決意をした。少しずつ売り、翌年の初めには、全株を手放した。NTTドコモ株の公開で最初の成功をしてから、ほぼ二年。僕の手元に残ったのは、最初借りた八〇〇万に、その後も借り増しをした借金、一八〇〇万円だけだった。投資で得た利益は遊びにつぎ込み、形として残ったものは何もない。いったい僕は、何をしていたのだろう……。

束縛を嫌うキャリアウーマン

梅雨時の蒸し暑い日、品川にある高層ホテルのロビーで、そのお客さんは僕を待っていた。三〇代の後半、四〇歳少し手前の年恰好《としかっこう》に見える。

ただでさえ豊かなバストを、胸元の大きく開いたブランド物のワンピースで強調している。濃い茶色に染めた髪には、ゆるやかで上品なウエーブがかかっていて、服装や髪型などにお金をかけるタイプに見えた。

取り立てて美人というほどでもなく、顔はいたって普通だ。でも、どことなく、色っぽい雰囲気がある顔立ちだ。

「この服、変？」

つい胸元に目をやってしまった僕に、お客さんが言った。

「いいえ、そんなことないです。きれいな胸なので、つい見とれてしまって」

「会社に行くときには、こんな服は着ないのよ。今日は特別」

そう言って笑う。少し早口の、はきはきした喋《しゃべ》り方で、きっと頭の回転の速い人なんだろうと思った。


二人で部屋に行くと、シャンパンが用意してあった。

「呑めるでしょう？　少し、一緒に呑みましょうよ」

グラスにシャンパンを注いでくれた。ホストを呼ぶのは初めてじゃないみたいだ。緊張している様子はないし、場慣れした雰囲気がある。

ベッドサイドにワンピースと同じブランドのバッグが置いてあったので、

「そのブランド、好きなんですか？　高いでしょう？」

訊いてみた。お客さんは、セックスをする前に、しばらく話がしたいようだったから、話のトバ口のつもりだった。

「安くはないわね。でも、私にもそれなりの収入があるから、無理な値段じゃないわ」

そうは言っても、バッグもワンピースも、数十万はする値段のはずだ。どんな仕事

をしているのか気になった。訊くと、

「外資の医療機器企業に勤めてるの。会社の名前は勘弁してね。こう見えても、私、うちの会社では女性唯一の管理職なのよ」

「すごいんですね」

「そんなことはないけど……」

話の内容や喋り方から、プライドの高さが伝わってくる。

「あなたは、この仕事、長いの？」

突然、訊かれた。

「そうですね。もう、五年くらいは続けてます」

「じゃ、ベテランね。よかったわ、そういう人がきてくれて」

言われている意味がよく呑み込めない。

「私ね、男なしではいられないタイプなのよ」

「そうなんですか」

僕は、シャンパンを呑みながら応じた。言われてみれば確かに、顔立ちも身体つきも、見るからにそういう雰囲気だ。

「そうなの。男が欲しくて欲しくてたまらないのよ。いつも濃厚なセックスをしていないとダメなの。でも、男に束縛されるのは、死ぬほどイヤ。そういうタイプの女には、出張ホストっていうシステムは、すごく合ってると思うのね。最初は少し怖かったけど、勇気を出して電話してみたら、これほど私に向いてるものはないと思ったの。ホストが、客を束縛するなんてありえないしね」

笑いながら言う。やはり、ホストを呼び慣れている女性だった。お客さんが言うとおり、後腐れやしがらみを気にせず、セックスだけを楽しみたい女性には、出張ホストが合っていると思う。

でも、何故、そこまで束縛に拘《こだわ》るのだろう。不審に思っていると、お客さんが、

「ずいぶん昔の話だけれど、私、一度、結婚してるの」

と切り出して、自分のこれまでの体験を話し始めた。

お客さんは、二〇代の前半で、少し年の離れた金持ちの男性と見合いに近い形で結婚したそうだ。短大を出て三、四年経った頃で、お嬢さん育ちだった彼女は、働いたこともなく、社会経験がほとんどなかった。

「男性経験も、その人が初めてだったのよ。初めてセックスというものを知って、最初は、フーンこんなものか、くらいにしか思わなかったわ」

お客さんにとってはそうかもしれないけど、夫はそうじゃなかったはずだ。今の年齢になっても、これだけの身体だ。若い頃はもっと魅力的だったろうから、年の離れた夫には、何よりの宝物だったに違いない。しかも、バージンだったのだから。僕も男だから、よく分かる。

「お金はあるから生活には不自由はまったくないし、周りから見れば、幸せな結婚生活に見えたはずよ。でもね、私には牢獄に近かったの。家から外に出ちゃいけないとか、いろいろと束縛されるの。もう、窮屈で窮屈で仕方なかった……」

お客さんは、視線を宙に彷徨《さまよ》わせた。当時のことを思い出しているみたいだ。

「あの頃の私の世界はね、家と、買い物に出る近くの店と、夫に抱かれるベッドだけ。私も若かったし、もっともっと違った世界が見たかった。だから、勇気を出して、夫に離婚をお願いしたの」

彼女の決意が固いことを知り、夫も離婚を承諾。子どもがいなかったから、揉めることもなかった。別れるに当って、夫は慰謝料代わりに、ある程度まとまったお金も渡してくれた。

　きっと、夫はお客さんのことを、深く愛していたんだろうな――と思ったけれど、口には出さなかった。

　離婚後、彼女はほんとうにもっと違った世界を見に旅立つ。海外留学という形で、世界中のいろんな国を見て回った。

「それまでなんにもしないでいい生活をしてたでしょ。私にはそれがコンプレックスだったの。だから、反動があったのね。留学が終わっても、海外に残って、ばりばり仕事をしたわ。勉強して、いくつも資格を取ったし。すべてが充実しててね、とても楽しい毎日だったわ」

　そして帰国。ちょうど日本法人を設立したばかりの、外資系医療機器企業にスカウトされて入社した。そこでも熱心に働き、今では何十人もの部下を抱え、年収も高額になった。

　自宅マンションは家賃が数十万に及ぶ高級賃貸で、自家用車としてＢＭＷを所有。出退社には、毎日、タクシーを利用している。

「へー、それはすごいですね。一種のサクセスストーリーじゃないですか」

僕は言った。お客さんが、まんざらでもなさそうな顔で、シャンパンを呑み乾《ほ》す。

ところで、ホストの仕事でお客さんに呼ばれると、嘘八百とまでは言わないが、かなり自分を美化して語る女性がいる。自分の経歴を粉飾して、よりよく見せようというタイプだ。

ひどいのになると、どう見ても田舎臭く垢抜《あかぬ》けのしないタイプなのに、自分は若い頃はアイドル歌手だった、などと言い出す女性までいる。

「あまり売れなかったし、汚い世界だったから嫌気がさしてすぐに辞めたから、あなたは知らないだろうけど」

という言い訳つきでだ。

だから、お客さんが語る経歴を、僕は鵜呑《うの》みにしない。今日のお客さんの話だって、話が出来すぎているし、道具立ても、ＢＭＷ、高級マンション、外資、女性唯一の管理職、海外留学……などと、まるで通俗小説みたいな陳腐さだ。

だから、お客さんの話は、眉に唾をつけて聞くべき話だったかもしれない。でも、僕は、おそらくこれは、本当の話なんだろうな、と思った。

話の端々《はしばし》から、彼女の頭のよさが伝わってくるし、プライドの高さが感じられた。

そういうタイプの女性なら、こういう経歴を持っていてもおかしくないし、わざわざ、つまらない嘘の自分を延々と語るとは思えなかった。

「でね、帰国してから、新しい彼ができたの」

お客さんの話は続く。

「私はもう、初めて結婚した頃みたいなネンネじゃなかったわ。しばらく付き合って、同棲を始めたの。今度は年の近い人だったし、前の結婚よりずっと楽しかったわ。でもね、また、同じことの繰り返しになったの……」

彼はお客さんが仕事を続けることは認めてくれた。が、仕事が終わると、彼女を独占したがった。友達と会ってはいけない、パーティに行ってはいけない……。彼女が自分以外の人間と接触するのを、極端に嫌った。

「私にはね、それが何よりイヤだったの。私はお友達に会うのがすごく好きだし、パーティみたいな華やかな場所も大好きなのね。この二つを禁じられたら、私は生きていけないわ」

そこで二年前に同棲を解消。このときの彼女には、もう〈違った世界〉へ飛び立つ必要はなかった。

彼との別離は、彼女が自分に最も適した世界へ戻ることを意味した。既に外資系企業でしかるべき地位を獲得していた彼女はもう、〈ここではないどこか〉を夢みる若い女性ではなく、〈ここでしかないここ〉でしたたかに生きることができる強い女に成長していた。

「だから、今はとても幸せ。毎日が楽しいわ。でも、そこで問題になってくるのが、セックスなのよ。私は、男なしではダメ。いつも濃厚なセックスをしていたいの。でも、男と付き合うと、みんな束縛し始めるでしょう？　それは絶対にイヤ。身体だけの関係を与えてくれる男が、私には必要なのよ。でも、なんで男って、女と寝ると自分の持ち物になったように思うのかしらね」

お客さんが言った。シャンパンで少し酔ったのか、目が虚《うつ》ろになっている。

男性が女性を束縛したがる、というのは、程度の差こそあれ、よく聞く話だ。お客さんはプライドが高いから、特に強く束縛されていると感じたのかもしれない。ふと、そんな考えが浮かんだ。

実は、僕はプライドの高い女性が大好きだ。そういう女性が、セックスのときに豹変するのを見るのが楽しみなのだ。

今日のお客さんは、自分から、男が欲しくてたまらないタイプで、濃厚なセックスをしてないとダメだと言っている。それなら、ベッドでの豹変振りも、さぞ凄いことだろう。僕は、彼女とのセックスに期待した。

「じゃあ、そろそろシャワーを浴びますか？」

水を向けると、

「そうね」

お客さんが立ち上がり、ワンピースを脱いだ。

裸になると、胸の豊かさ、美しさがさらに際立った。むっちりと肉感的な身体だ。でも、肉の弛《ゆる》みはほとんどなく、肌も白くてきれいだ。エステなどで手入れを怠っていないのだろう。

身体を愛撫しようと思ったとき、お客さんのほうからペニスを握ってきた。上になって、僕の乳首を舌で転がし始めた。手はゆっくりとペニスをしごいている。

「お客さんにこんなことしてもらっていいのかな？」

「いいの。私ね、自分もして欲しいから、相手に私からもしてあげるの」

僕はしばらく、お客さんの愛撫に身を任せていた。乳首を舐めていた舌が、徐々に下に移動し、やがてペニスを咥《くわ》えた。絡み付いてくる舌で舐められ、厚く柔らかい唇で吸われた。

二〇分くらいは彼女に愛撫されていたと思う。とても気持ちよかった。交代して、今度は彼女を仰向《あおむ》けにさせた。

豊かな乳房を揉み、乳首を吸った。指で性器を愛撫した。さっき彼女がしてくれたのと同じ順番でお客さんの身体中を舌で舐め、最後に性器を口で愛してあげた。

「あ……いいわ、とっても気持ちいいわよ」

割れ目に、舌の先を入れてみる。

「ひっ……いいっ。でもね、若い頃は、愛のないセックスなんて考えられなかったのに、この年になると、それもありだと思うようになったの。あン、いい……」

性器を舐められながら、こんなことを口にするお客さんは初めてだ。僕は彼女にまたがり、ペニスを挿入した。

「あーっ、大きい……、ステキ……」

お客さんが抱きついてくる。僕は、最初はゆっくりと、そして、徐々にスピードを上げて腰を動かした。時折、どんっ、と突き上げ、また元の腰使いに戻した。そのたびに、お客さんは、いい、いいっ、と喘《あえ》いだ。

五分くらいで、お客さんは絶頂に達した。僕はまだイキそうになかったのだけれど、意識をペニスに集中して激しく腰を使い、お客さんの後に続いた。

「少し暑くなったわね。エアコンの温度、下げてもいい？」

お客さんが言った。

「なんだか、眠くなっちゃった」

彼女はベッドにうつぶせになった。むっちりしたヒップが魅力的だ。後ろからヒップを触り、指を性器に滑り込ませてみようかとも思ったけれど、止めることにした。お客さんは、二回目のセックスを望んでないと思ったからだ。

彼女のセックスは、自分が口で言うほど濃厚ではなかった。ごくごく普通の女性の、ごくごく普通のセックスだった。

ベッドの上で、白くてきれいな後姿を見せているお客さんは、どこにでもいる、普通の女性にしか見えなかった。こんな無防備な姿を見せられると、なんだかいとおしくなってくる。

お客さんは、まだ起き上がろうとしない。このまましばらく眠りたいのだろう。そろそろ、予約の時間が終わる頃合だ。

「シャワーを浴びてきていいですか？」

「どうぞ。今日はありがとう。楽しかったわ」

うつぶせのまま、顔だけこちらに向けて、お客さんが言った。

「また、呼ぶわね」

礼を言って、シャワーを浴びた。戻ってみると、まだ彼女はうつぶせになっている。

「じゃ、帰りますね。今日はありがとうございました」

返事がない。代わりに、小さな寝息が聞こえてきた。僕は服を着て、一人で部屋を出た。

一流ホテルで会った不思議なカップル

日曜日の昼間に、カップルのお客さんからNホテルに呼ばれた。名の知れた一流のホテルだ。広めの部屋のゆったりとしたソファに、上品そうなカップルが腰掛けていた。男性のほうは、五〇歳に近い年齢だろうか。医者や弁護士などの、知的な職業に就いている人に見えた。

女性は三〇代の半ばくらいだ。ハーフっぽい色白で、とてもスタイルがいい。二人とも緊張する様子もなく、あっけらかんとした印象を受けた。

「今日はよくきてくれたね、ありがとう」

男性がにこにこしながら言った。女性も同じように、魅力的に微笑んでいる。勧められるまま、僕もソファに座った。

男性は、眼鏡や時計、服などが見るからに高価そうで、きっとかなりのお金持ちなのだろう。女性もブランド物の高そうなスーツを着ている。かなり裕福なカップルのようだ。

二人の慣れた態度から、こういうことを何度もやっているんだろうな、と思った。

「一番、君のタイプに近いんじゃないかな？」

男性が、女性に向かって言った。彼女は、黙ったまま微笑む。

「ご夫婦なんですか？」

「そう見えるかい？」

男性がいたずらっぽく笑って、女性に意味ありげな視線を投げた。

「ええ。夫婦なんですよ。似合わないかしら？」

女性が言う。お客さん二人が、声を合わせて笑った。ひょっとしたら、夫婦じゃないのかもしれない。

「お仕事は何をなさっているんですか？」

「悪いね。仕事は内緒なんだ。でもね、東京には仕事できたんだよ」

見ると、部屋の隅に、黒い布のブリーフケースが置いてあった。とにかく、お客さんは二人とも気さくで、話が弾む。

「奥さんは凄くきれいな方ですね」

僕が言うと、

「婆さんがフランス人なんだよ」

男性が言った。言われてみると、本当のことだろうな、と思えた。日本人離れしたノーブルな美形なのだ。

男性は押出しのいい紳士で、奥さんは美人。その上、とても裕福そうで、人も羨《うらや》むカップル、という感じだ。

女性は突然、

「私はね、夫が浮気するのは平気なの。私に分からないようにやってくれれば、それでいいのよ」

と言ったりする。すると男性がすぐに、

「おいおい、それじゃ俺がほんとに浮気してるみたいじゃないか」

と返す。二人は声を上げて笑い、釣られて僕も笑う。気が合っていて、気さくで、凄くいいカップルだった。

ひとしきり会話を楽しんだ後、男性が、

「今日は楽しもうじゃないか」

と言った。どうするのだろう。男性がソファの中央に女性を座らせた。彼女を挟む恰好《かっこう》で、左右に僕と男性が座った。

女性が僕にしなだれかかってくる。鼻先に、上品なコロンの香りが漂った。身体を密着させると、ことのほか、むっちりとした身体だ。

「胸に触っていいよ」

男性が、女性の胸を触りながら言った。恐る恐る、僕も彼女の胸に手を伸ばした。一瞬、女性が、鼻から小さな息を吐いた。男性が女性の胸から手を離し、ソファに深くもたれかかった。

「後は君に任せるよ」

後ろから手を回して、手のひらで女性の両乳房を揉んだ。首筋にキスしてみる。彼女が、気持ちよさそうな声を漏らした。

男性は、女性が僕に愛撫されているところを、ずっと見ている。仕事だから仕方がないけど、とてもやりにくい。

「ねえ、して……」

女性が求めてきた。すると、その声に合わせるかのようにして、男性は女性の身体に少しだけ触り、またすぐに、観察者の立場に戻った。

どうしようか迷っていると、男性が、

「舐めてあげなさい」

と女性に言った。彼女がジッパーを下げて、僕のペニスを握った。もう固くなっている。

柔らかい唇に飲み込まれた。彼女が顔を上下させて、僕のペニスを愛してくれた。男性は、ずっとその様子を見つめている。気になって仕方がない。

「そろそろ、二人でベッドに行けば？」

男性に促されて、女性がベッドに向かった。僕も後をついていく。彼女はそばのカーテンを閉めてから、スカートとショーツだけを脱いで、ベッドに腰掛けた。股間の黒い翳《かげ》りが気になる。

少し迷ったけれど、同じようにズボンと下着だけ脱いで、彼女の隣に座った。二人とも靴は履いたままだ。

彼女がキスしてきた。ねっとりとした舌が、僕の舌に絡みついてくる。僕は彼女を強く抱きしめて、舌を絡めた。

首筋にキスしながら、服の上からお客さんの乳房に触る。一瞬、彼女が身体をよじらせた。下腹部に手をやってみると、愛液が陰毛まで濡らしていた。

「あっ……」

彼女をベッドに押し倒した。全然、抵抗はなかった。もう一度、キスをして、性器を指で愛撫した。肉襞《にくひだ》がぴくぴく動いていて、指が吸い込まれそうだった。

「うーン、いいわ……」

カーテンは閉めてあるけれど、まだ日中で、部屋は明るい。カーテン越しの緩い光が、ベッドの上に陽だまりを作っている。

僕もお客さんも、下半身だけ裸で、靴は履いたまま。なんともアブノーマルな雰囲気で、ちょっと変な気持ちになった。ソファからこちらを見ている男性の目も気になる。

もう一度、キスをして、僕は彼女の中に入っていった。凄く気持ちのいい身体だ。性器全体が、僕に絡みついてくるようだ。

「あっ、あっ……」

彼女が喘《あえ》ぐ。上品な風貌にふさわしい、品のいい喘ぎ声だ。高価そうな上着から、真っ白くて肉感的な下半身が剝《む》き出しになっていて、彼女の上品さとのギャップが、僕を奇妙な心境にさせた。

これは現実に起こっていることなのだろうか？　ひょっとしたら、僕は夢の中にいるのではないだろうか——つい、そんなことを考えてしまった。

彼女の上で腰を動かしながら、僕はソファに目をやった。ずっと僕たちのセックスを見ていた男性は、興奮してきたのか、マスターベーションを始めていた。彼女も、時折、ソファのほうに目をやって、男性のそんな姿を見ている。

「ああーっ、いいわーっ」

自分のセックスを見ながらパートナーがマスターベーションしていることに興奮したのか、彼女の声が徐々に大きくなっていった。

「もうダメ、いくっ。一緒にいって、お願い！」

彼女が叫ぶ。僕は、腰を今までよりもっと激しく動かした。やがて、僕と彼女が同時に果てた。ソファでは、男性がペニスをティッシュペーパーで拭いていた。

僕は何度かカップルのお客さんに呼ばれたことがある。そういうときはたいてい、男性のお客さんは、僕と女性のセックスを見たあと、自分も女性とセックスする。その様子を僕にも見ていて欲しいとリクエストするお客さんも多い。

でも、このときのお客さんは、自分はずっと見ているだけで、女性とはまったくセックスしなかった。こんなカップルは初めてだった。

「シャワーを浴びてくれば」

ソファから男性が言った。女性がにっこり微笑んで立ち上がった。男性をとても愛しているんだろうな、と感じる笑顔だった。

「君も一緒に――」

男性に言われ、僕も彼女の後を追った。

シャワーを終え、三人でソファに座った。お客さんは二人とも凄く満足そうな顔をしている。こんな表情を見るのは嬉しい。でも、僕だけはまだ、夢の中にいるみたいだった。

男性が立ち上がり、クローゼットに吊るしてあった上着から、財布を取り出して戻ってきた。

「お釣りはいいよ」

渡してくれたお金は、規定の料金よりずいぶん多い額だった。

「今日はとても楽しかったよ。ありがとう。出張にきたときくらいしか、こんな遊びはできないからね」

男性が言った。最初に会ったときに感じたのと同じように、とても紳士的でありながら、気さくな態度だった。

「ねえ、君もそう思うだろ？」

女性は黙って頷《うなず》いた。

「だって、今日の彼が、一番、君のタイプの男性だったからね」

彼女が頬《ほほ》を赤らめたように見えたのは、僕の自惚《うぬぼ》れだろうか。

「ありがとう、ほんとに楽しかったよ」

男性がもう一度、礼を言ってくれた。こんなに何度も礼を言われるのは珍しい。たぶん、初めてのことだったと思う。僕も丁寧にお礼を言って、部屋を出た。

ホテルの外へ出ると、まだ陽が高かった。緩やかで生温かい風が、頬を撫でている。

日曜だから、人通りも多い。

アブノーマルな体験をしたNホテルのあの部屋と、外の世界が、現実の中で繋《つな》がっていることを実感するまで、少し時間が必要だった。

今でも時々、あのカップルのことを思い出すことがある。あの二人は本当の夫婦だったのだろうか。今でもホストを呼んで、男性は女性がセックスしているところを見て楽しんでいるのだろうか……。

そんなことを考えていると、いつも最後には、あれは現実に起こった出来事だったのだろうか……という感慨に繋がってしまうのだ。

地方から上京したリピーターの中年女性

楽しいだけの仕事なんて、ありえない。それは分かっている。この仕事は、自分自身への罰として始めた仕事だ。楽しさを求めようとも思わない。でも、そのお客さんとの仕事は、とても辛かった。辛くて仕方がなかった。彼女が僕を気に入ってくれていただけになおさら。

そのお客さんとは、Tホテルのラウンジで待ち合わせた。身長の高い、大柄な中年女性だった。四〇代の半ばは過ぎているだろう。見るからに、どこにでもいる地方のおばさんという雰囲気だ。

田舎のおばさんが精一杯おしゃれをして東京へ遊びにきたという感じで、着ているものも高価そうだ。きっと、金回りはいいのだろう。でも、全体に野暮ったくて垢抜けしていない。

ぼくらはラブホテルへ移動した。

彼女はセックスがしたくてしたくてたまらない様子だった。ホテルへ入っても、飲み物を飲みながら話をする時間など必要ない、といった感じで、

「ねえ、早くしましょうよ」

と迫ってくる。

二人でシャワーを浴びてベッドに入ってからも、彼女は凄く積極的だった。僕を横にならせたまま、自分からいろいろと仕掛けてくる。

でも、年齢も年齢だし、彼女の身体はひどかった。乳房は垂れているし、腹も三段腹になっていた。香水の匂いもきつすぎる。

僕はまるで人形だった。彼女は乳首を舐めたり、ペニスを咥《くわ》えたりして、僕の身体を弄《もてあそ》んだ。

最後には、僕の上に乗って、ペニスを摑《つか》んだかと思うと、自分の性器にあてがって、そのまま腰を落としてきた。重い——としか感じなかった。

僕にとっては、苦痛というしかないセックスだった。頭の中で、早く終われ早く終われ、と念じていた。もちろん、顔にも口にも出さなかったけれど。

でも、これが僕の仕事なのだ。女性に抱かれてお金をもらう。僕は、自分の仕事を終えただけのはずだった。

ところが、しばらくたって、また、彼女から僕を指名する電話が店に入った。しかも、前は二時間の予約だったのに、今度は三時間にして欲しいという。また、Tホテルのラウンジでの待ち合わせだった。

が、この時のお客さんは、前回とはずいぶん感じが違っていた。ホテルに取った自分の部屋に案内してくれ、飲み物まで用意してくれていた。

「ねえ、一條さん、私、あなたが気に入ったの。これからも長く続けたいわ」

アイスコーヒーを飲みながら、彼女が言った。意外だった。一回目は、僕たちはほとんど話もしていない。

僕は寝っ転がって、彼女に身を任せていただけだ。どこを気に入ってくれたのだろう。不思議だ。

「あなたに私のことをもっと知って欲しいのよ。私もあなたのことが、もっともっと知りたいの」

と彼女は言った。

僕は、独身で昼間は普通のサラリーマンをしていることなどを話した。出張ホストが、二回目のお客さんに話せることなんて、その程度のものだ。

「お客さんは東京にはよくいらっしゃるんですか？」

僕は訊いた。ありきたりな質問だった。

「仕事で時々ね」

お客さんは、口ではそう言ったけれど、そうではないように思えた。東京でビジネスをしているとは、どうしても思えないのだ。偏見だろうか。

「でも、これからは来る機会がもっと多くなると思うわ。あなたにも会いたいし」

お礼を言うのが、少し遅れた。僕はあまりそれを望んでいなかったし、中年過ぎの太ったおばさんに、上目遣いでそう言われると、少し気味が悪かった。

「うちはね、地方で商売をしてるの。だから、お金には不自由してないし、自由になる時間も多いのよ」

咄嗟《とっさ》に、八百屋か魚屋を思い浮かべた。

「お子さんは？」

「もう大学生だから手はかからないの。子育てや商売に頑張ってきたんだから、これからは自分のために時間やお金を使いたいのよ。第二の青春を楽しみたいという感じかな」

お客さんは、考え込むふうに、しばらく視線を宙に泳がせてから、

「いい年をしたオバサンがこんなことを言うとおかしいかな？」

「そんなことないですよ」

「自分をもう一度取り戻したいの。そのために、恋愛がしたいのよ。ううん、分かってるのよ、私だって、家庭を壊したいとは思わないし、夫も大切だわ。セックスの部分だけでいいから、もう一度、恋愛がしたいのよ」

その相手に、僕が選ばれたというわけか。

予約時間のうち、半分くらいは話していた。前回とは、まったく違う。でも、ベッドに入ると、セックスは前とまったく同じだった。

僕はただ、仰向《あおむ》けに寝ているだけで、彼女が一方的に攻めてくる。フィニッシュはお客さんが上に乗って――既視感さえ覚えるセックスだった。苦痛だったのもまったく同じだ。

でも、普通は、一時間半から二時間の予約が多いから、このお客さんのような長時間の予約は、仕事としては助かる。僕はまた、早く終われ、と念じながら、お客さんに抱かれていた。

三回目の予約も、そう間を置かずに入った。またTホテルの部屋に呼ばれた。この頃になると、僕はこのお客さんと会うのがいやで仕方なくなっていた。今回の予約時間は四時間だったから、なおさら、気が重かった。そんな気持ちが、つい顔に出てしまうのか、話が弾まない。

「どうしたの？　緊張してるの？」

違うとは言えないから、頷いた。

「何よ、初めて会うわけでもなし。リラックスしてよ」

お客さんは、僕にお酒を勧めてくれたりする。フォローしてくれようとしているのだ。気のいいおばさんには違いない。でも、僕はどうしてもこのお客さんが苦手だった。

四回目の予約が入ったとき、僕は店長にウソをついた。

「店長、申し訳ないんですけど、昼の仕事が遅くなるから、その時間にTホテルに行くのは無理です」

「そうかい？　でも、お客さんは一〇時でも一一時でも、もっと遅くなるようだったら、それ以降の時間でもいいから、どうしてもきて欲しいと言ってるよ」

頭を抱えたくなった。そこまで言われると、断りきれない。一〇時過ぎにホテルに行った。部屋には、夕食やお酒が用意してあった。

「ごめんなさいね。お仕事で疲れているのに無理を言って。ご飯、まだなんでしょう？　食べて」

ビールを勧めながら、お客さんが言う。箸が進まない。気が重かった。

「疲れてるのねえ……」

言ったあと、お客さんは、

「ねえ、一條さんは、私がどういうことをしたら、一番、喜んでくれるの？」

と繋《つな》いだ。僕が不機嫌そうだから気を使ってくれているのだろう。それはよく分かる。でも……。

僕は、何もしてくれないのが一番いい、と考えていた。そんなことは口に出せるはずもない。しばらく苦い酒を舐め、味の分からない食事をしたあと、また、彼女の人形になった。

翌日、店に電話を入れた。このお客さんから予約の電話が入ったら、何があっても断って欲しいと店長に頼んだ。お客さんのキャンセルをお願いしたのは初めてだった。

店長も察してくれ、

「分かった、そうするよ。昨日の電話で、俺も少し変だとは思ってたんだ。一条君はよく働いてくれるし、人気もあるからね。そのくらいのわがままなら聞くよ」

と言ってくれた。

その後も、あのお客さんからは、何度も僕を予約したいという電話がかかってきたらしい。

そのたびに店長は、

「一条君はその日は無理だけど、ほかのホストなら派遣できますよ」

と応えてくれたそうだ。でも、彼女は、

「私は、一条君じゃないとダメだから」

と、他のホストはすべて断ったらしい。何度かそんなことを繰り返したあと、いつの間にか彼女からの電話は入らなくなったと聞いた。

どうしてあれほどイヤだったのだろう。もっと年上のお客さんに呼ばれたこともあるし、身体の線が崩れたお客さんも多い。でも、彼女みたいにイヤだとは感じなかった。

お酒や食事を準備してくれたりして、僕にいろいろと気を使ってくれた。それでも、どうしても嫌悪感があった。

そういえば——と僕は思った。昔、似たような経験をしたことがある。逆の立場でだけれど。

株で儲けて羽振りがよかった頃、毎日のようにキャバクラに通っていた。すると、どうしても僕に気を許してくれない女の子がいる。気に入られようと思って、飲み物や食事を取ったり、ネックレスや指環をプレゼントしたりした。

でも、彼女は結局、心を開いてくれなかった。その時の僕は、何か買ってあげたり、店でより多くお金を使ってあげたりすれば、彼女に気に入られると思っていた。

でも、違うのだ。彼女は、金で気を引かれているようで、却《かえ》って僕を嫌ったのかもしれない。

僕も同じだと思った。

あのお客さんは、お金で僕の身体も心も手に入れたいという気持ちが強かったのだと思う。僕もそれに敏感に反応していたのだ。

僕の仕事は、お金をもらって女性に抱かれること。それは分かっている。でも、この仕事は難しい。セックスをする限り、やっぱり最後には、男と女の心の繋がりになってしまうのだから。

あのお客さんと会わなくなってからも、僕はしばらく、Tホテルの近くを歩くと、彼女とのセックスの嫌悪感がよみがえって閉口した。でも、その後、いろんなお客さんに付くうち、いつのまにかその感覚は薄らいでいった。

そして最後には、お金をもらってセックスすることの難しさだけが、僕の心に残るようになった。

離婚調停中の女性

夏にはまだ少し間があった。

僕は京王線の調布駅近くに住むお客さんに呼ばれた。自宅に来て欲しいというリクエストだ。

初めて降りる駅で、駅周辺にも不案内だ。店長が渡してくれた地図を頼りに、お客さんの家を探す。何度も道に迷って、なかなか見つからない。

二〇分くらい歩いたろうか。やっと、それらしいマンションが見つかった。今時、珍しいくらい古いマンションで、壁面の黒ずみが、その古さを際立たせている。お客さんの部屋は一階の隅だった。

店長の言葉を思い出した。

「いいかい、一條君。今日のお客さんは、彼氏が部屋に訪ねてくるような感じで来て欲しいとのリクエストなんだ。そのつもりでやってくれるかい」

できるだけ、さりげなく振舞えばいいだろう。インターフォーンを鳴らすと、

「はい」

という声がして、ドアが開いた。

二〇代後半に見える、ぽっちゃり型の女の子だった。びっくりするような美人ではないけれど、かわいいタイプ。何人かの女の子と一緒に喫茶店にでもいたら、きっと目立つだろうと思う。

「一條ですけど……」

リクエスト通り、ぼくは店の名前も、ホストの、とも言わず、名前だけ名乗った。

「待ってたのよ。遅かったのね」

「少し、道に迷っちゃって」

「狭いところだけど、入って」

部屋は1DKで、衣装簞笥《だんす》などの簡単な家具と、シングルベッドが置いてあるだけだ。必要最小限のものだけで生活している感じだった。でも、閑散とした感じはしない。若い女の子らしく、整理整頓が行き届いているからだろう。

「ねえ、何か飲むでしょう？　冷たいものがいい？　それとも、コーヒーを淹《い》れようか？」

少し迷った。寒くもなく、暑くもない。特に、何を飲みたいという希望はなかった。結局、冷たいものを頼む。

お客さんが、オレンジジュースを二つ持って、ダイニングキッチンから戻ってきた。二人でベッドにもたれて、ジュースを飲む。

「独り暮らしなの？」

訊くと、

「うん。始めたばかり」

と、彼女が言った。

「今まで、親と暮らしていたの？」

彼女はうつむいてしまった。しばらくたって、

「実はね……」

彼女が口を開いた。

「実は、夫と離婚調停中なの。だから、別居してて独り暮らしなのよ」

「そうなんだ。生きていれば、いろいろとあるよ」

お客さんが頷く。

彼女は、物静かで、おとなしいタイプに見えた。相手の僕が初めて会う出張ホストだから、緊張しているのかもしれないけれども。でも、僕の経験から判断して、すぐにセックスをしたいタイプではないと思った。

こういうタイプのお客さんとは、しばらく世間話をすることにしている。そのほうがお客さんの緊張もほぐれるから。

「離婚調停、大変だね。早く解決するといいね」

「うん。でもね、夫は凄く優しい人だったのよ……」

言って、またお客さんがうつむく。離婚について、いろいろと訊いて欲しいのだろうと思った。それも、出張ホストの仕事のうちだ。

「だったら、どうして？」

「私より、ずっと年上の人なの。一回りも、年が上なのよ。だから、凄く優しいけど、やっぱり合わないの」

「何が？」

「何がって、夜の生活よ。どうしてもセックスが合わないの」

お客さんが二〇代の後半として、夫は四〇歳くらいだろうか。どうやら、夫は彼女の性欲を満たしてやれなかったらしい。そうするうちに、これ以上夫と暮らすのは無理だ、と彼女は感じるようになったようだ。

「優しい人なのよ。ほんとにいい人なの。でもね、やっぱり、駄目なのよ」

セックスなんて、夫婦関係のほんの一部分だろうと思う。でも、凄く大きな一部分だ。それが満たされないと、ほかの何もかもが嫌になる。僕は結婚したことはないけれど、なんだか分かる気がした。

夫は夫で、彼女の言い分に納得がいかず、調停でずいぶん粘っているらしい。夫の気持ちも分かる気がした。

たかがセックスのことだけで、こんなにかわいい奥さんを失いたくはないだろう。夫婦って、難しいものなんだな。

彼女との話は、三〇分以上続いた。予約は二時間だ。もう四分の一ほど過ぎている。どうしようかと思っていると、お客さんが僕の太ももに手を乗せてきた。

「したくなっちゃった」

彼女の手に、僕も手を重ね、

「僕もだよ」

と言った。今日の僕は、彼女を訪ねてきた彼氏なのだ。それらしく振舞わなければ。

二人でシャワーを浴びた。服を着ていたときには気づかなかったけれど、お客さんは凄くいい身体をしている。大きめの胸には張りがあるし、淡い色の乳首が、つんと上を向いている。腰のくびれも素晴らしいし、そこから大きなヒップに繋がる曲線が美しい。

シャワーから出て、二人でベッドに横になった。お客さんに腕枕をすると、彼女のほうからキスしてきた。手は、僕のペニスを握っている。凄く積極的だった。

僕も彼女の唇を強く吸い、下から乳房を揉んだ。お客さんが、大きな声を上げる。

彼女の肩を抱いて横にならせ、僕が上になった。

もう一度、ゆっくりキスした後、首筋から胸にかけて舌を這わせた。乳首の周囲に合わせて円を描くように舌で愛撫する。

「あン……」

お客さんは、ずっと切なそうな声を出している。手は僕のペニスに触ったままだ。

もちろん、もう固くなっていた。

乳首を吸いながら、彼女の性器を指で触った。驚くくらい濡れている。彼女の中から、哀しい何かが溢れ出ているように。まず、性器の周りから始めて、次にクリトリスをゆっくりと指で愛撫した。

「あっ……もっと」

思いなしか、喘《あえ》ぎ声まで哀しそうだった。指の動きを止めてじらしてみると、

「いやっ、止めないで。いじめないで」

僕の背中に手を絡めて抱きついてくる。そのままの姿勢で、僕は彼女の中に入っていった。お客さんは、一際、大きな声を出した。まるで叫んでいるみたいだ。

ゆっくりと腰を動かす。お客さんも、喘ぎ声を出しながら、僕のリズムに合わせて、腰を動かしている。

「いいわ、凄くいいわっ」

やがて、お客さんの腰の動きが激しくなった。初めて顔を見たときや、世間話をしていたときとは、かなり印象が違う。

彼女は、何かを吐き出すようにして、僕の身体を求めていた。いや、僕の身体とい

うより、セックスそのものを求めていたのかもしれない。心の中に、何か澱《おり》のようにドス黒いものが溜まっていたのに違いない。それを今、彼女は吐き出しているのだろう。

「いいわ、いいわ、ほんとにいいわ」

声を出しているのか、息を吐いているのか分からない調子で、彼女はそう言い、また激しく腰を動かした。

「いくっ、いきそう」

僕も激しく腰を動かした。彼女が僕に強く抱きついたかと思うと、小さな痙攣《けいれん》が伝わってきた。彼女の手が解ける。朱が差した彼女の顔を見ながら、僕も果てた。

「ありがとう。とてもよかったわ」

腕枕をした僕に、彼女は抱きついている。あまりに激しいセックスで、僕は少し疲れていた。時計を見ると、もう少しだけ時間が残っていた。

普通なら、そろそろ帰り支度をしなければならない時間だ。でも、僕に絡みついたお客さんの腕と、潤んだ瞳がそれを拒んでいるように感じた。彼女には、まだまだ吐き出したいものがあるのかもしれない。それは、セックスによってしか吐き出せない種類のものなのだ。

「もう一回、したくなっちゃった」

案の定、お客さんはそう言った。

なんだか僕はかわいそうになってきた。まだ少し時間がある。彼女のリクエストに応じよう。でも、あまりゆっくりもできない。さっきみたいに、じっくりと愛撫している時間はない。

でも、その心配はなかった。彼女は、僕のペニスを口に含んで、しばらく愛撫してくれた後、自分から横になり、

「入れて……」

と言った。僕は手早く新しいスキンを着けて、彼女の性器に、ペニスを挿入した。あとはさっきの繰り返しだった。お客さんは激しく喘ぎながら腰を動かし、僕もそれに合わせた。そして今度は、二人で一緒に果てた。


簡単にシャワーを浴びて服を着ていると、お客さんが、

「今日はありがとう。ほんとうによかったわ。また、呼んでもいいかしら？」

と言った。頬が赤らんでいて、少し、恥ずかしがっているように見えた。

「いいよ。いつでも呼んでよ」

僕は言った。お客さんは、少しだけ考える間をおいてから、

「私とのセックス、どうでした？」

と訊いた。

「凄くよかったよ。ほんとに素敵だった」

半分は本心だった。かわいいタイプの女の子が、必死になって何かを吐き出そうとしている姿に、僕も感じるものがあった。

お客さんは、うれしそうに微笑み、

「ほんとに、また呼びますね」

と言った。

時間が迫っている。僕は、楽しみにしていますから、と簡単に挨拶だけして、部屋を出た。お客さんが、まるで彼氏を見送るように、ドアの外まで、僕を送ってくれた。

でも、それ以来、店に彼女からの電話はなかった。夫との離婚調停はどうなったの

だろう。今でも、彼女はあの古いマンションに独りで住んでいるのだろうか。僕は、今でも時々、ふと、そんなことを考えてしまうことがある。

日比谷公園の女性

夏の初めの蒸し暑い夜、銀座和光前でお客さんを待っていた。一時間だけの予約で、白いジャケットを着た背の高い女性だと店長から聞いている。予約の時間はお客さんによっていろいろだけど、一時間というのは珍しい。普通は短くて一時間半、一番多いのが二時間だ。

こちらに向かって会釈しながら近づいてくる女性に気づいた。三〇代半ばに見えるスレンダータイプ。白いジャケットを着ている。お客さんだ。店長は相手にも僕の風貌を教えたということだったから、すぐに分かったのだろう。不細工ではないが、特に美人でもない。どこにでもいる普通の女性だ。

「ごめんなさいね、今日は短い時間で」

「いいんですよ。気にしないで下さい」

「子どもを義母のところに預けてきたの。だから、早く帰らなくちゃいけなくて……」

彼女が言う。

このあたりにはラブホテルはない。ホテル街までタクシーで移動していると、一時間の予約時間なんて、すぐになくなってしまう。どうしようかと思っていると、お客さんが、

「少し、お酒を飲みたいな」

と言った。

僕たちは近くのカウンターバーに入った。銀座らしい洒落《しゃれ》た店だ。彼女はギムレットを、僕はジンリッキーを頼んだ。

「私、埼玉から来たんです。帰るまでに時間がかかるでしょう。だから、一時間でお願いしたの」

言って彼女は、また、ごめんなさい、と頭を下げた。

子どもを預けた義母は、お客さんの家のすぐそばに住んでいるらしい。

「おいしいわ。もう一杯、頂いていいかしら？」

彼女が、ギムレットのグラスを掲げた。

「こんなところでお酒を飲むなんて、私、初めてかもしれない」

「ご主人は連れていってくれないんですか？」

彼女は小さく首を振り、

「全然ダメ。夫はマザコンなの。毎日、義母のところに電話してるのよ。いつもママにべったり……」

溜息をつきながら言う。

「できちゃった結婚だったのよ。もし、子どもができなければ、あんな人とは一緒にならなかったと思うわ」

夫が母親べったりなのが不満に思え始めると、嫁姑の関係は、険悪なものになったようだ。義母はお客さんの箸の上げ下ろしまで気に入らなくなり、ことあるたびにイヤミを言うようになる。

「そうなるとね、私も義母がたまらなくイヤになるでしょう。そしたら、そんな義母にべったりの夫にも、ぜんぜん愛情を感じられなくなっちゃったのよ」

「そうですね」

適当な相槌を打つ。こういう場合は、あまり深入りせずに、お客さんに話したいだけ話させてあげるのがホストの役目だ。

「もう、あんな夫とは、絶対、セックスなんかしたくないの。身体を触られるだけで、鳥肌が立ってくるわ」

お客さんは、ギムレットを三杯お代わりして、ずっとそんな話ばかりしていた。気がつくともう、一時間近くが過ぎていた。

「もうすぐ時間ですね」

言うと、お客さんはそれには答えずに、僕に身体を密着させてきた。僕はそっと彼女の太ももを触った。

「時間だけど、どうします？」

「延長いい？」

お客さんが、僕を下から見上げながらいった。目が潤んでいる。僕のほうも、延長してもらったほうが助かる。

「いいですよ」

「じゃ、決まりね」

お礼を言って、僕はまた、彼女の太ももをゆっくりと撫でた。

「そんなことされたら、したくなっちゃうわ」

「したくなったら、すればいいじゃない」

「だけど……あまり時間がないわ。次回は是非、したいわね」

彼女もこのあたりにラブホテルがないことを知っていたのだろう。でも、彼女の視線は定まっておらず、欲求を抑えがたくなっているのがよく分かった。

どちらが切り出すともなく、僕たちはバーを出て、日比谷公園へ向かった。夜の日比谷公園なんて初めてだ。

公園中、カップルばかり。一定の間隔を置いて椅子に座った薄着の男女が、キスしたり、身体を触りあったりしている。

僕たちも、そんなカップルに混じって、椅子に腰を降ろした。お客さんは、しばらく驚いた表情で周りのカップルを見渡していたが、我慢できなくなったのだろう。急に、ズボンの上から、僕のペニスに触ってきた。

「固い……」

僕も彼女の太ももに触れる。

「したい……でも、帰んなきゃいけないから、無理よね」

ペニスに手をやったまま、何度もそう言う。彼女の言葉は堂々巡りだった。「したい」「でも無理」「でもしたい」……。僕は何とか、彼女の希望に応えてあげたかった。

ここでセックスするわけにもいかない。見ると、公園のトイレが近くにあった。僕はお客さんをトイレに連れていった。

車椅子やベビーカートも入れるようになっている広い個室に入り、鍵をしめた。二人で入るところを見咎《みとが》められないかと心配だったけど、カップルばかりの公園では、誰も気に留めなかったようだ。

初めは、電車の時間を気にしていたお客さんだったが、抱きしめてディープキスすると、もう、電車のことは何も言わなくなった。

壁に手をつかせた。スカートを捲《まく》り上げる。薄いショーツは、もうすっかり濡れている。

ショーツを降ろし、右足の足首に丸めた。ズボンを脱ぎ、後ろからお客さんの中に入る。凄く濡れているから、ペニスは滑るように呑み込まれた。

「あっ……、いいっ……」

お客さんが押し殺した声を出す。外に漏れるのを気にしているのだろう。腰に両手をあてがって、激しく突いた。

「うっ……」

声が出そうになるのを我慢しているのが分かる。時間もないし、場所も場所だ。早く満足させてあげようと思って、腰を動かすスピードを上げた。お客さんも、僕の動きに合わせて、腰を前後させるようになった。

「あーんっ」

最後は我慢できなくなったのだろう。お客さんが、大きな声を出した。彼女がイクまで、ほんの二、三分だった。

「まだ、電車、間に合うかしら？」

ショーツを上げながら、お客さんが言う。

「急げば、まだ平気だよ」

お客さんを先にトイレから出させ、しばらくたってから、僕もトイレを出た。野外でお客さんとセックスしたのは、これが初めてだ。

二週間くらいして、店長から携帯に電話がかかった。そろそろ季節は本格的な夏になろうとしている頃だった。

「前に銀座で会ったお客さん憶《おぼ》えてる？　あのお客さんから、一條君を指名だよ」

初めて付いたお客さんから、また呼ばれるのは嬉しい。気に入ってもらった証拠だし、初回と違って、必要以上に気を使わなくてもいいから。

「でもね、今度は埼玉まで来て欲しいっていうリクエストなんだ。それも、夕方の早い時間なんだけど大丈夫かな？」

僕は昼間は普通のサラリーマンだ。平日の日中に、埼玉まで行くのは難しい。でも、せっかくの指名だ。前回は異例の野外でのセックスだったから、今度は、きちんとした場所で満足して欲しい、という気持ちもあった。

「分かりました。じゃ、会社を抜け出して、埼玉へ行くことにしますよ」

店長が、「ありがとう。助かるよ」と言った。

待ち合わせ場所は、川越駅前のファーストフードショップ。待ち合わせ時間ぴったりに彼女はやってきた。

銀座で待ち合わせたときと、かなり印象が違う。何故だろう。服装のせいだと分かった。銀座ではきちんとしたジャケット姿だったけど、今度は近くへ買い物にでも出かけるような恰好だ。

服装が違うと、顔つきまで変わって見えるから不思議だ。銀座で会ったときの彼女が女の顔だったとしたら、今度は主婦の顔だ。地元だからそうなるのかもしれない。

「ね、夫が帰ってくるまでに家に戻らないといけないの。また、あまり時間がないのよ」

「どのくらい？」

「一時間か二時間かな」

僕たちは、急いで近くのラブホテルに入った。お客さんは、部屋に入るなり服を脱ぎ、急いでシャワーを浴びた。ベッドに二人で横になると、お客さんは前戯を受けるのももどかしいほど急いでいる。

キスをしてから、乳房を愛撫していると、

「早く入れて、早く」

と僕を急《せ》かす。性器に触れてみると、充分に準備が整っていた。スキンを着け、濃い陰毛を掻き分けるようにして挿入した。

「あーん、いいわあ」

凄く大きな声だった。日比谷公園のトイレのときとは、ぜんぜん違う。自分から腰を突き上げてきて、とても激しいセックスだ。

子どもを産んだ身体で、しかも、濡れすぎるほど濡れているからか、あまり締まりはよくない。でも、ついつい僕まで興奮してしまうような乱れ方だった。

腰の動きを止めて、少しじらしてみる。彼女は、子どもが「いやいや」をするみたいに首を振って、今までよりももっと激しく、腰を突き上げてきた。

僕もそれに合わせて、激しく突いた。びっくりするような大きな声で、彼女はよがっている。

「いいわあ、凄くいいのォ。もっと、もっと、もっと突いてェ……」

日比谷公園のときの、何倍もの時間、激しいセックスを楽しんでから、やっと彼女は果てた。

終わった後も、彼女は急いでいた。簡単にシャワーを浴び、慌てて服を着る。挨拶もそこそこに、彼女は部屋を出ていった。

急いで彼女が帰った家には、「セックスをするのもいや」な夫がいる。夫とのセックスがないから、こんな乱れ方をするほど、彼女には欲求不満が溜まる。でも、やっぱり彼女は夫の帰宅時間に合わせて、急いで家に帰る。

夫婦って、不思議なものだな——僕はそう思った。

失恋して鬱になった若い女性

　真夏の盛りの蒸し暑い日、会社の仕事が終わり、帰宅の電車に乗ろうとしているときに、突然、携帯が鳴った。ディスプレイを見ると、事務所からだった。

「一條君、急で悪いんだけど、今から、お客さんのところに行ってくれないかな？」

　珍しく仕事が早く終わり、まだ夕方、六時過ぎだった。真夏のこととあって、外はまだまだ明るい。

「いいですけど、場所はどこです？」

「ちょっと遠いんだけどね、京王線の府中なんだ。急なリクエストでね。今すぐ、きて欲しいって言うんだ。事務所にも動けるホストがいなくて、君にしか頼めないんだよ」

　府中だと、ここからは一時間ほどかかる。でも、まだ早い時間だし、特別、用もなかったから行くことにした。

店長から教えてもらった住所を頼りに、府中駅前の道を歩いた。夕方とはいえ、まだ蒸し暑さが残っていて、汗が吹き出してくる。

一〇分ほど歩いて、指定されたマンションを見つけた。部屋数はあまり多くなさそうだけど、まだ新しいこぎれいな建物だ。お客さんの部屋へ行き、インターフォーンを鳴らした。

お客さんがドアを開けてくれた。一目見て、

「若い子だな」

と思った。二〇代の前半に見える。色白で、美人系の顔立ちだ。端正な顔だからか、やや鬱《ふさ》いだ表情に見えた。

ワンルームの部屋に、ベッドとカウチソファ、クッション類が置いてある。全体がピンクで統一されていて、若い女の子らしい部屋だ。

石鹸やシャンプー、オーデコロンなどが混じったような、女の子らしいいい匂いがした。

カウチソファに座る。お客さんが、冷蔵庫から冷たいオレンジジュースを持ってき

てくれた。一息で飲む。汗をかいた体に、ジュースの冷たさが心地いい。

低いガラステーブルを挟んで、クッションに座っているお客さんは、笑顔がなく、不機嫌そうな表情に見えた。玄関先での初対面のときは、端正な顔立ちだからそう感じるのかと思ったけれど、どうもそれだけではないようだ。僕のことが、気に入らなかったのかもしれない。

こういうときは、話の切り出し方が難しい。直截《ちょくせつ》に、

「僕ではお気に召しませんでしたか？」

と訊くのも失礼だ。もし、ほんとうに気に入らないのだったら、うちの店はチェンジもできる。

でも、急な予約で他にホストがいないからといって僕に回ってきた仕事だ。代わりのホストが準備できるかどうかも分からない。

話のとっかかりに困ってしまった。何をどう言おう。何となく部屋の中を眺めていると、棚の上の写真が目に入った。

お客さんが男性と一緒に写っている写真が、何枚も飾ってある。男性のほうは、お客さんより少し年上、二〇代半ばくらいの年恰好《としかっこう》だろうか。

男性がお客さんの肩に手を回している写真もあり、二人が仲のいい恋人同士だということが、よく分かる。

僕は、少し、不思議に感じた。ホストを呼ぶときは、こういう写真は隠すのが普通じゃないだろうか。ホストとセックスしているところを、写真とはいえ、彼氏には見られたくないはずだ。

「かっこいい人でしょう？　あたしのカレシなんですよね」

やっと彼女が口を開いてくれた。僕はよほど、写真に目を釘付けにされていたらしい。

「かっこいいよね。すごく、仲が良さそうじゃない」

「そうでしょう」

お客さんの顔に、笑みが浮かんだ。すごく素敵な笑顔だ。端正な顔が、笑うともっと魅力的になる。

でも、それなら、なんで僕を呼んだのだろう。それも、今すぐきて欲しい、という急なリクエストで。

僕は、失礼にならないように気を配りながら、訊いてみた。お客さんは、目を伏せ

て、

「失恋しちゃったんですよ」

と消え入りそうな声で応えた。

「え、そうなの？」

お客さんが頷《うなず》く。僕は、また棚の上の写真に、目をやった。

「大好きな人だったんですけどね……。失恋して、ちょっと鬱《うつ》っぽくなっちゃったから、ぜんぜん知らない男の人と、話がしたかったの」

彼女はそう言いながら、上目遣いに棚の上の写真を見て、すぐに視線を戻した。

「ぬくもりが、欲しいから……」

「どうして別れちゃったの？　こんなに仲が良さそうなのに」

写真を見ながら言った。今でも写真を飾っているところを見ると、まだ、彼氏に未練があるのだろう。

「あたしがいけなかったの。カレシのことを好きになり過ぎて。会ってるときは楽しいだけなんだけど、会わないときのことが気になりだしたんですよね。今、何をしてるんだろう、とか、考えるようになっちゃって」

若い女性には、よくある話だ。

「携帯がつながらないと、今、何をしてるんだろうって気になったり、だんだん、カレシを疑うようになっちゃったんですよね。あたし、馬鹿だったなあ」

そうなると、一緒にいても、楽しい時間が過ごせなくなった。会っているときも、ほんとうに自分を愛しているのかとか、携帯がつながらなかったのはどうしたのか、とか、会っていないときの話ばかりするようになった、と彼女は言った。

「そうなると、男の人って、だんだん、気持ちが離れていっちゃうんですよね」

「そうだね」

僕にも経験があった。ほんとうに好きだと思っていた女の子でも、何度も何度も、愛情を確認されると、男はどうしても鬱陶《うっとう》しくなってしまう。このへんが、男と女の越えがたい距離なのかもしれない。

「あるときね、デートしてて、また、そんな話になったの。そしたら、カレシが……」

「もういいよって？」

僕は横から、口を挟んだ。お客さんは吃驚《きっきょう》した顔になり、

「そう。なんで分かるの？」

と訊き返してきた。

「僕も、男だからね」

昔、僕がまだ若い頃、似たようなことを付き合っていた女の子に言ったことがあった。

「男の人って、やっぱり、みんなそうなのかな。失恋した後、思い出してみるとね、カレシがしてくれた細かいことで、あー、あたしは愛されてたんだなあ、と思うことがいっぱいあるんですよ」

彼女の目に、涙が浮かんできた。

「あたしって、ほんとうに馬鹿。愛されてるときには、それにぜんぜん気づかなくて、自分から壊しちゃったのよね。もう取り返しがつかないけど……」

「彼氏に謝ってやり直そうとは思わなかったの」

お客さんは首を振り、

「何度も謝ったわよ。カレシを失いたくなかったから。でも、そのときはもう遅かったの。いくら謝っても、カレシはもういいって。元に戻る気はないって」

「そうだったんだ。それは、辛かったね」

相槌を打ちはしたが、きっと、お客さんも彼氏も若過ぎたということなんだろうと思った。

若ければ若いほど、恋は激しいけれど、その分、相手への許容範囲も狭くなるものだ。

彼氏がお客さんとの別れを選んだのも、一時の感情だったかもしれない。今は、彼氏もお客さんと別れたことを後悔しているかもしれない。

一瞬、そんなことを考えた。でも、口にしなかった。お客さんたちのことを、僕はよく知っているわけじゃない。訳知り顔をするほど、年を取ったわけでもないし。

「もうね、何に頼っていいか、分からないの。だから、あなたを呼んだの」

お客さんが言った。

「僕は、どうすればいいのかな？　このまま、ずっと君の話を聞いていてもいいんだけど、それでもお金はかかるし……」

遠回しに僕は訊いた。話を聞いて欲しいだけのお客さんもいる。でも、お客さんの意志を訊いてからでないと、何もせずにお金をもらうのは、やはり、プロとして気が引けた。

「ベッドの中であたしに寄り添って、軽く抱きしめていてくれる？」

「いいよ」

僕たちは、服を着たまま、ベッドに横になった。左手でお客さんに腕枕をして、開いた右手で、彼女の肩を抱いてあげた。

「こうでいいかい？」

「うん。しばらく、そうしてて」

「いいよ」

僕は、お客さんの体を触ったりもせず、そのままの姿勢でいた。お客さんは、ずっと彼氏とのいきさつを話し続けた。

いつの間にか、話は同じことの繰り返しになり、僕たちは、抱き合ったまま、メビウスの環の上を延々、歩いているようだった。

お客さんは、何度も、「あたしが馬鹿だったの」といい、「もう取り返しがつかないの」と繰り返した。そのたびに僕は、

「そうだね。辛いね」

と、同じ相槌を打った。若さの苦しさ、とでもいうようなものを感じながら。僕に

何がしてあげられるのだろう。彼女はセックスは求めていないようだ。こちらから、

「セックスはしなくていいの？」

と訊いても、彼女を混乱させるだけだろう。彼女のリクエスト通り、時間までこうして抱きしめて、話を聞いてあげるだけだ。

でも、それだけでいいのだろうか？　僕にこうされている間は、お客さんも落ち着いていられるかもしれない。でも、予約の時間は、いつか終わる。その後、彼女はまた、一人で苦しむのだろうか。

何か、いいアドバイスをしてあげたい。こんなとき、何かいい言葉はないだろうか……。そんなことを考えながらお客さんの話を聞いていると、突然、彼女の携帯が鳴った。

一瞬、おかしなことを考えた。彼氏が、やり直したいと電話してきたのかもしれない、と僕は考えてしまったのだ。

起き上がって、お客さんが携帯を取る。女友達からのようだった。

「分かった。じゃ、待ってるね」

言って、お客さんが携帯を切った。

「誰なの？」

ベッドから身を起こして訊いた。

「うん。友達なの。実はね、カレシのことで話がしたかったから、友達を呼んでたの。夕方になって、今日は来れないって連絡があったから、諦めてホストの店に電話したのね。それが、予定が変わって、今夜、来れるようになったからって、今、電話があったの」

「そうなんだ……」

僕は時計を見た。予約の時間は、まだ、一時間ほど残っていた。ここで僕が帰っても、二時間分の料金をもらわなければならない。

「どうしようか？」

「ごめんね。友達が来るから」

言って彼女は、二時間分の料金を払ってくれた。

僕は彼女にいったい、何をしてあげられたのだろう。予約時間の半分ほどしかいなかったし、セックスをしたわけでもない。

ただ、彼女の話を聞いていただけだ。お客さんの都合だとはいえ、お金をもらうのが悪いような気がした。

でも、別れ際、一つ気づいたことがある。玄関先で会ったときや、部屋で話しているときと比べて、彼女の表情が、ずっと明るくなっていた。僕と話をして、スッキリしたのかもしれない。そうだと思いたい。それなら、今日、僕が彼女のリクエストに応じた意味もあるから。

部屋を出ると、外はもうすっかり暗くなっていた。でも、まだ、蒸し暑さが残っている。

僕は、府中駅前の自動販売機で、冷たいコーラを買った。炭酸の心地いい刺激を喉に感じているうち、お客さんの部屋にいるときには思いつかなかった彼女へのアドバイスの言葉が浮かんできた。

「今回の経験をしたからこそ、きっと次の恋愛は上手くいくと思うよ」

もし、もう一度、彼女に呼ばれたら、そう言ってあげよう。そのときには、彼女が明るくなってくれていて、棚の上にも写真がなくなっていればいいな――首筋の汗を拭きながら、僕はそう思った。

新宿の高層ホテルで会った三味線の師匠

夜景がきれいだ。ホテルの部屋からは、東京中のネオンサインが、全部見下ろせるみたいだった。秋も深まった、ある土曜の夜。

僕の前には、和服姿の上品な女性が椅子に腰を下ろしている。四〇代の半ばくらいの年恰好だろうか。髪をアップにして、成熟した大人の雰囲気だ。

初めてのお客さんで、今日は「部屋待ち」の依頼。予約時間は三時間だ。ゆっくりした、長めの予約で、こういう仕事は、実入りもいいから、僕も有り難い。

ちなみに、ホテルや自宅の部屋へ直接、行く仕事を僕たちの言葉で「部屋待ち」という。喫茶店や駅前などで待ち合わせてから、ホテルへ移動するのは「外待ち」。今回は、新宿の有名ホテルでの「部屋待ち」のお客さんだった。

「お茶かお華をやってらっしゃるんですか？」

僕は訊いた。着こなしから見て、和服を着慣れていたからだ。

「そう見えますか？　近いかもしれないけど、ちょっと違うわね」

思わせぶりなことを言う。

「じゃ、何をなさってるんです？」

「あまり詳しいことは言えないけど、三味線なの。かなり、上のほうでやってるんですよ。東京にも弟子がいてね、今日は、その発表会のために、福島から上京してきたんです」

なるほど。言われてみれば、三味線の師匠、というのは、印象にぴったりだった。上品ではあるが、どことなく、粋筋の艶やかさみたいなものを感じていた。

部屋を見回した。発表会用の衣装や小道具なのか、大きなバッグが二つ隅に置いてある。その脇に、確かに三味線らしきケースが立ててあった。窓よりには、大きなダブルベッド。

「今日は、どうしますか？」

僕は訊いた。

「最後まで、できるのよね？」

「お望みなら」

お客さんが、一度、大きな溜息をついた。

「そういう気持ちで、あなたを呼んだのよ。でも、ダメね、いざとなったら、踏ん切りがつかない……」

よくあるパターンだ。ホストと遊ぼうと思って呼んだのに、いざ、顔を合わせてみると、お金を出して初対面の男性とセックスすることに、抵抗を感じてしまう女性は多い。

こういう場合は、話をしているうちに、お客さんがだんだんその気になって、セックスまでいくこともあれば、話だけで終わることもある。悩みを抱えていたり、話し相手が少なくて言いたいことが溜まっているお客さんは、話だけで終わることが多い。

「だから、少し、お話ししていいかしら？」

「いいですよ。ゆっくり話して、リラックスして下さい」

テーブルに向かい合って、二人で話をすることになった。

「私にはね、夫と、大学生の息子がいるの。子どもも大きくなって、もう手がかからなくなったから、ずっと三味線の師匠をしています。これでも、その世界では、結構、名前が通っているのよ」

立ち居振る舞いから、それなりのポジションにいる人だと、すぐ分かる。

「つい先日ね、私、とんでもないことをしてしまったの。地元で発表会があって、その打ち上げで飲み会に行ったのね。そこで会った男の人と、浮気をしてしまったんです。夫や息子を愛しているし、家庭を壊したくないのに、とんでもないことよね」

お客さんは、ほんとうに口惜《くや》しそうに、後悔を露《あらわ》にしながら言った。

「人間ですから、たまにはそんなこともありますよ」

「でもね、私、今までね、いい妻であることが、自慢だったんです。だから、このことは、誰にも言えない。自分の中で封印しておかないといけないんです」

そういうことか。誰にも言わずに封印しないといけないと思ってはいても、秘密を自分の胸の中だけにしまっておくのは、かなり苦しいことだ。

だから、上京ついでに、見ず知らずのホストを呼んで、話を聞かせたかったということか。僕に話す分には、地元に噂が広がる心配は、万に一つもないし。と思っていると、お客さんが意外なことを口にした。

「ただね、すごく不思議なんだけど、恥だ、封印しなければならないと思う反面、浮気をしたことによって、私の中で目覚めたものもあるんですよ。もう一度、あの快感を味わいたいって……。ずっと忘れてた感情が、よみがえったんですよ」

そう思いはしても、地元でまた浮気をするわけにもいかない。たまたま、今回、弟子の発表会で上京し、ホテルに一人でいると、またその感情がよみがえり、気がついたらお店に電話していたのだと、お客さんは言った。

こういうタイプは、たいてい、しばらく話をしてリラックスすれば、セックスまで進むことになる。僕は話題を息子に向けた。

「大学生だと、もうお母さんと一緒に出かけたりはしてくれませんよね、寂しいでしょう」

「ううん、そんなことないのよ」

お客さんが首を振った。目が急に輝き始めたように見えた。

「うちの子はね、今でも、私と一緒にお風呂に入ってるのよ」

驚いた。大学生と言えば、少なくとも一八は過ぎている。もう、完全な大人の男だ。そういう子どもが、四〇代半ばで、まだ女の色香を残している母親と一緒に風呂に入るなんて、初めて聞いた。

「息子さん、恥ずかしがらないですか？」

「なんで？」

お客さんは、心底、不思議がっているような表情で訊き返し、

「私もあの子も、親子としか見ないから、ぜんぜん恥ずかしくなんかないですよ」

そういうものなのだろうか。お客さんによると、一緒にお風呂に入るのは息子とだけで、夫とは風呂には入らないそうだ。夫は、

「いい加減に、息子と風呂に入るのは止めろ」

と言うらしいが、お客さんはぜんぜん気にしない。逆に、家族の仲がいい証拠だと思っている、と言った。

意外な話で、気味悪く感じなくもなかったけれど、僕はかなり関心を持った。

「息子さんの体を見て、興奮します？」

敢《あ》えて訊いてみると、

「しないわよ。息子はいつも私の体を褒《ほ》めてくれるけどね。胸も垂れてないし、きれいだって」

僕はつい、近親相姦的なものを空想してしまうのだが、お客さんは、意識も含めて、

そういうものとはぜんぜん違うのだと言って譲らない。このあたりは、子どものいない僕には、まだ理解できない心境なのかもしれない。

こんな話をしているうち、あっという間に時間が過ぎてしまった。長いと思っていた予約時間はもう、半分ほど過ぎていた。

「じゃ、そろそろセックスしますか？」

僕は訊いた。息子と一緒に風呂に入っている話まで出て、お客さんはもう、完全にリラックスしてくれたと思った。もう、セックスしたい心境になっているだろう。

「ごめんなさいね。私、やっぱり、今日はできないわ。自信がありません」

案に相違して、お客さんはそう言う。

「そうですか……」

どうしてなんだろう。ふと思った。ひょっとして、僕が若いからじゃないだろうか。お客さんは、僕に息子の姿を重ねてしまったのかもしれない。

「浮気したときは、どうだったんですか？　やっぱり、最初は自信がなかった？」

「あのときは……。かなり酔っぱらってたし、突然のことだったから。罪悪感だけ残ってて、あまり記憶がないの。自信があるとかないとか、そんな感じじゃなかったわ。勢いみたいなものかしら」

僕はしばらく黙っていた。お客さんは迷っているように見える。

「ごめんなさい。今日はやっぱり、踏ん切りがつかないわ」

「分かりました」

僕は言った。したくないお客さんに、むりしてセックスをさせる必要はない。セックスしなくても、僕は決まりの料金をもらう。お客さんの望むようにすればいい。

しばらくお客さんと話していると、突然、ズボンの上から、僕のペニスに触ってきた。だんだん大きくなってくる。お客さんはジッパーを降ろして、勃起したペニスを剝き出しにした。

「大きいわねえ……」

うっとりした表情で、ペニスを愛撫している。一〇分くらいだったろうか、お客さんは、僕のペニスをずっと、いとおしむようにしてゆっくりと触っていた。そろそろ、したくなってきたのだろうか。

「セックスしますか？」

お客さんは首を振り、

「これだけで、私は充分」

ペニスから手を離した。二人で椅子に座りなおして向き合った。

「少し、お話しする時間、まだ残ってる？」

三時間の予約だから、まだ充分、時間がある。僕は頷《うなず》いた。

「浮気をしたときに、忘れてた感情がよみがえったって言ったでしょう？　私、それをはっきりと取り戻したかったの……。でも、私よりずっと年下の人が来たから、どうしても裸になってセックスする自信がないのよ。ごめんなさいね」

「そんなこと、気にする必要ないのに」

お客さんは首を振り、

「そんなわけにはいかないわよ」

「お客さんくらいの年の人は多いですよ。僕、ぜんぜん、気になったことありません。それに――」

言っていいのかどうか、少し迷った。

「それに、息子さんもきれいな身体だって言ってくれてるんでしょう？」

お客さんが小さく笑う。

「息子とは違うわよ」

「でも――」

「ごめんなさいね。今日はどうしてもダメだわ。踏ん切りがついたら、また呼ぶから、今日はこれでおしまいにさせて」

「分かりました」

セックスせずに料金をもらえるのだから、僕としてもそちらのほうが楽だ。でも、お客さんはセックスしないことを、とても気にしているみたいだった。何度も、僕に「ごめんなさいね」と言う。そのたびに僕は、気にしないで下さい、と応じた。

ホテルから出ると、秋の盛りで、気持ちのいい気候だった。きっと、今日のお客さんは、もうホストを呼ぶことはないだろう。

肉体の奥から湧き上がってくる欲求に素直に従うよりも、よき妻として、よき母としてのプライドのほうを選ぶ人なんだろうと思った。それなりに性欲との葛藤《かっとう》もあるのだろうけれど。

それよりも僕は、彼女と息子のことのほうが気になった。お客さんは、ごく普通のことのように頓着なく話していたけれど、僕にはかなり衝撃的な話だった。この仕事が終わった後も、しばらくの間、息子との話が頭から消えず、僕は何度も、彼女が大人になった息子と風呂に入っている場面を想像してしまった。

世の中にはいろんな人がいる。僕にとっての常識がほかの人にもそうだとは限らない。いろんな女性に会えて、いろんな人生に触れることができるのも、この仕事の面白いところだ。だから僕は、ほとんど借金を返し終えた今になっても、まだ、この仕事を辞められずにいるのかもしれない。

渋谷で会った彫金家の女性

日曜の渋谷は、人通りが多かった。モヤイ像の前でお客さんと待ち合わせている。目印はベージュのコート。でも、どの人か分からない。ベージュのコートを着た女性が、何人もいるのだ。

あと五分で約束の時間だ。お客さんはもう、渋谷に来ているはず。店長に電話してみた。

「今、待ち合わせ場所に着いたんですが、同じ色のコートを着た人が大勢いるんですよ。もう少し、くわしい特徴、分かりませんか？」

「じゃ、お客さんの携帯に電話してみるよ」

言って店長が電話を切った。すぐに僕の携帯が鳴り、

「もう渋谷で待ってるそうだ。宝くじ売り場の前にいると言ってたよ」

電話で話しながら、少し離れたところにある宝くじ売り場に目をやった。ベージュのコートを着た、小柄な女性が立っている。

「今、見つけました。これから合流します」

じゃ、よろしくね、といつもの軽い調子で言って、店長が電話を切った。


「どうしましょう？　どこかのお店に入りますか？」

お客さんに訊いた。三〇代の半ばくらいの、清楚《せいそ》な女性だ。キャリアウーマン風で、端正な顔立ち。全体的に、上品な雰囲気がある。

「そうですね、喫茶店に入りたいな。少し、喉が渇いたから」

僕たちは、駅ビルのカフェに入ることにした。移動する間、彼女はずっと緊張している様子だった。

人通りが多いから、僕と歩いている自分が、どんなふうに見えるのか、気にしているようだ。

カフェに入り、コーヒーを頼んだ。まだ、彼女の緊張は解けない。運ばれてきたコーヒーに口をつけてから、お客さんが、

「あの――」

と言った。少しためらいがちに、言葉を繋ぐ。

「今日、初めてホストの人を呼んだんですね。私、誤解してました。もっと違う雰囲気の人が来るのかと思ってたから……」

よくテレビや雑誌で、ホストクラブのホストが紹介されることがある。初めて出張ホストを呼ぶ女性の中には、その影響で、僕たちに彼らの雰囲気をイメージする人がいる。

出張ホストは、基本的に彼らのような風貌ではない。特に僕は、昼は一般の会社に勤めていることもあって、ごくごく普通のサラリーマンにしか見えないはずだ。

「僕でよかったですか？　もし、お気に召さないようでしたら、チェンジもできますよ」

お客さんが首を振った。

「そういう意味じゃないんです。きちんとした人が来てくれて嬉しいの。だから、私も自分のことをきちんと話さないといけないと思って……」

真面目なタイプの女性のようだ。お客さんは、自己紹介を始めた。

「彫金て分かります？　私、自分で金のネックレスや指環をデザインして売ってるんです。いつも中目黒にあるアトリエにこもって仕事をしてるんですよ」

「へえ。それは素敵ですね。アート関係ですよね。楽しそうな仕事じゃないですか」

「でも、そんなに飛ぶように売れるようなものじゃないから。自分からいろんなお店に売り込んだりしてるんですよ。自宅で親と同居してるから、なんとか生活できてるって感じでしょうかね」

やっと、少しずつお客さんの緊張が緩んできたみたいだ。頬に笑みも浮かぶようになった。周りのお客さんには、デート中の恋人同士に見えたかもしれない。

「ご両親と同居ということは、結婚はしてないんですか？」

お客さんが頷《うなず》き、

「ええ、まだ独身なんですよ」

照れくさそうに笑った。

「結婚しようと思ったら、いつでもできたでしょう？」

お客さんは首を傾《かし》げ、

「どうかな……。男の人に対して、こだわりが強すぎたのかもしれませんね。どこかで妥協しないと結婚なんてできないのに、あそこがダメ、ここがダメなんて不満点ばかり探してた感じがしますよ。そのうちに、この年になっちゃったでしょう？　そうすると、男性を見る目は、年とともに厳しくなっちゃうんですよね。不満点ばっかり見えるようになっちゃう」

最後のほうには、笑い声を交えながら言った。コーヒーを呑み、

「ほんとうは男の人が私を見る目のほうが、ずっと厳しくなっちゃってるんですけどね」

と言って、声をたてて笑う。魅力的な笑顔だった。

「私、前はねＯＬだったんですよ。受付をやってたの。でも、会社って、女は年を取ると、やっぱりいづらくなっちゃうんですよ。だから、会社を辞めて今の仕事に変わったんです」

お客さんの話は止まらない。

「私って欲深すぎるんでしょうかね？　恋愛小説じゃないんだから、世の中には、理想的な出会いなんてないだろうし、完全無欠の男性もいないですよね。私ももういい年なんだから、どんな形でも、出会いがあれば逃しちゃいけないし、相手にもある程

度のところで満足しないといけないんでしょうけどね。なんだか、毎日が味気ないですよ」

僕は黙って聞いていた。出張ホストを呼ぶ女性は、何かしら、吐き出したいものを抱えている場合が多い。お客さんの話を頷きながら聞き、話したいだけ話させてあげるのも、ホストの仕事の重要な一部だ。

「でね、今日、インターネットを見ていたら、たまたま、あなたのお店を見つけたんですよ。それで、思い切って電話してみたんです。待ってる間、不安だったんですよ。やっぱり電話しなきゃよかったとか、ヤクザっぽい人が来たらどうしようかとか考えちゃって。約束の時間ぎりぎりになっても来ないから、思い切って帰っちゃおうかと思いました」

楽しそうに笑いながら話している。緊張も完全になくなり、心を許してくれたようだ。会話に慣れてくると、お客さんは急に開けっぴろげになった。

「変な人だったら、お話だけして帰ろうと思ってたんですよ。でも、素敵な人でよかった。今ね、すごくセックスしたい気持ちになっちゃってます」

はっきり言う人だな、と思った。でも、それが僕の仕事なのだ。僕はそのために呼ばれたのだから。

カフェを出て、円山町のラブホテル街に移動することになった。ホテルまでの道すがら、彼女はずっと、今の暮らしが味気ない、でも出会いがない、たまに機会があってもいい男性がいない、と同じことを繰り返していた。

出張ホストの仕事を長く続けていると、お客さんにはいくつかのパターンがあることが分かってきた。

セックスが好きで好きでたまらなくて、ホストにプロのテクニックを求める女性。夫や恋人などパートナーがいるが、冷え切っていたり、関係が上手くいっていなかったりして、ホストに不満の捌《は》け口を求める女性など、お客さんを大まかないくつかのパターンに分けることができる。

今日のお客さんは、仕事を持っていて、そちらのほうはまあまあ充実しているが、彼氏がいなくてぽっかり心に空洞ができているタイプの典型例だ。

こういう女性は、いつも男が欲しいと悶々《もんもん》としているけれども、いざホストを呼ぶと、直截なセックスそのものよりも、恋人と過ごしているような時間を持ちたがる。

いわば〈恋に飢えている〉タイプだ。

もう一つ今日のお客さんにぴったり当てはまると思ったのは、

「普通の外見の女性のほうが、そうでない女性よりも強いストレスを溜めている人が多い」

ということだ。

ホテルに入った。シャワーを浴びてから、二人でベッドに横になった。

「何か、リスエストはありますか？」

彼女は黙って首を振る。僕はお客さんの髪を撫でてから、胸を愛撫した。乳首は既に固くなっていて、指先にころころした感触が伝わった。

「あ……」

少し抑制した喘《あえ》ぎ。舌で乳首を転がすと、声が大きくなった。でも、乱れている、というほどではない。下半身に触ってみる。もう準備が整っていた。しばらく指で性器を愛撫した。

「あっ、あっ、あ……」

「入れていい？」

「うん……。きて」

　お客さんの中に入った。

「あアン」

　あまり激しくは喘がないが、それでも充分、感じてくれているのが分かった。僕は、腰のスピードを上げ、激しく突いた。

「素敵ですよ。ほんとに、お客さんの身体は素敵ですよ」

「ああ……いいわァ。感じるゥ」

　やがて、声よりも息づかいのほうが強く聞こえてくるようになり、

「イクぅ……」

　お客さんが言った。僕はさらに腰のスピードを上げ、間を置かず、二人同時に果てた。普通の女性と、普通のセックスをした、という感じの仕事だった。

　セックスが終わると、お客さんは、ほんとうに満足そうな顔で、

「ありがとう。これでまた、明日から頑張れるわ」

と言ってくれた。

「私ね、仕事に打ち込むと、朝までずっとアトリエにこもっちゃって、その間、まったく食事をしないこともあるのよ」

聞きながら、お客さんの髪を撫でた。くすぐったそうな顔になる。

「それでも、ここのところ、どうしても気に入った作品ができなかったの。ここ何週間もずっとよ。今日はいい気分転換になったわ。きっと、いい作品ができると思う。あなたのおかげよ。ありがとう」

さっきまで、あれほど男が欲しい、男が欲しいと言っていた彼女が、セックスの後は、仕事の話しかしなくなった。僕に抱かれて、性的な欲求が満たされた、ということなのだろうか。

これが、僕たち出張ホストの役割なんだ、と思った。彼女はまた、しばらくすれば一人身の寂しさに身悶《みもだ》えするようになるのだろう。でも、今このときだけは充たされている。それを与えてあげるのが、僕の仕事なのだ——そう思った。

初老の男と、若い女性のカップル

お客さんが話してくれれば聞くけれど、こちらから、お客さんの素性については詮《せん》索《さく》しない。それが出張ホストの鉄則だ。

カップルに呼ばれた場合も同じだ。夫婦なのか、恋人同士なのか、そんなことはこちらからは訊かない。お客さんが話してくれることもあるけれど、ほんとうのことだとは限らない。

だから、僕はカップルの素性は気にしないことにしているし、あまり、興味もない。でも、あまりに年が離れていると、どういう関係の二人なんだろうと気になることが、たまにある。

ある冬の寒い日に僕を呼んでくれたカップルも、そんな興味を引かれるお客さんだった。そのカップルとは、池袋駅近くの地下にあるバーで待ち合わせた。アーリーアメリカン調の、ウッディな感じのバーだった。

時間通りにいくと、カウンターに男女の二人連れが座っていた。ほかにお客さんの姿はない。

店長からは、最初からカップルのお客さんだと聞かされていた。この二人に違いないはずなのだが、一瞬、声をかけるのを躊躇《ためら》った。

カップルというには、二人の年が離れ過ぎているのだ。男性は、五〇を過ぎた年恰好に見え、隣にいる女性は、どう見ても二〇代の初めだ。親子で酒を呑んでいる、といってもおかしくない年の差に見える。

僕の躊躇《とまど》いに気づいたのか、男性のほうが声をかけてくれた。

「一條君かい？　よくきてくれたね。寒かったろう。さ、座って」

男性が、女性の隣の席を勧めてくれ、僕は腰を下ろした。女性を、僕と男性とで挟む恰好《かっこう》だ。

「我々の年が違いすぎるから、びっくりしたようだね」

「いや、そんな……」

「隠さなくていいよ。驚くのが普通だよ」

男性はそう言って、女性のほうに首を捻《ひね》ったが、彼女は曖昧に頷いただけだった。でも、決して気分を害しているわけではなく、柔らかい微笑みを浮かべている。色白で、ぽっちゃりした体型。全体的に、優しそうなイメージだ。派手派手しいところはまったくない。年の離れた男性と一緒にいて、しかもホストを呼んでいるのだから、変な表現だと思われるかもしれないが、いい奥さんになりそうなタイプに見えた。

男性のほうは、白髪まじりで、男の成熟を感じさせるダンディタイプ。仕立てのよさそうなスーツ姿には清潔感がある。かなり、裕福そうだ。

「親子に見えるだろう？」

「いや、そんなことは……」

「遠慮しなくていいよ。でもね、僕たちは親子じゃない。もちろん、夫婦でもないけどね。男と女の関係だよ」

男性は、女性に同意を求めるのだが、彼女は言葉には出さず、微笑んだまま頷くだけだ。照れて喋れない、という雰囲気だった。

「僕はね、実は、この人とそう年の変わらない娘もいるんだよ。だから、この人のことも、娘のように思ってるんだ」

「そうなんですか」

　と応じはしたものの、なかなか不思議な話ではある。男と女の関係というのだから、娘と思っているとはいえ、体の関係もあるのだろう。なのに、今日は僕を呼んでいる。不思議なカップルだ。

「女性はね、いつも恋をしてないといけない。プラトニックなものじゃなく、体の関係のある恋だよ。肉体的に満たされてこそ、女性はきれいになる」

　男性は力を込めてそう言い、ウイスキーのロックを舐めた。女性の前には、何かカクテルのグラスが置いてあるけれど、僕がきてからは、彼女はまったくお酒に口を付けていない。

　僕は何のために呼ばれたのだろう。まさか、お酒を飲みながら、男性の恋愛観を聞かせるためじゃないだろう。こうして話している間にも、予約の時間は過ぎていく。

「それでね、僕は残念ながら、この年になって、もう性的な機能がそう高くないんだ。この人に対しても、あまりそういう気持ちにならない。これは、かわいそうなことだよ。この人にとってね」

女性は、黙ったままだから、一方的に男性が話す形だ。

「きちんとセックスさせてあげないとかわいそうだ。でもね、僕はこの人を愛しているから、知らないところで浮気をされるのはたまらない。そんなこと、考えただけで口惜しくなるよ。だけど、僕が相手を見ているなら、ヤキモチも焼かない。浮気をされて男が灼《や》くのは、相手がどんな男か分からなくて、妄想が広がるからだからね」

一息にそう喋って、ロックグラスのウイスキーを空けた。

「この人も若いから、若い相手がいいだろう。それで、君にきてもらったというわけさ」

男性は、女性に向かって、

「君だって、僕なんかとセックスしてもつまんないだろう?」

女性は何も言わず、首を振った。

「じゃ、一條君、任せたよ」

男性はバーに残り、僕と女性が二人だけで近くのラブホテルへ移動することになった。が、ここで、男性が一つ、条件をつけた。

「僕はここで待っているから、終わったら、二人でここへ戻ってきて欲しい。そしたら、僕が君にお金を払うよ」

うちの店では、支払いは前払いが決まりになっている。仕事が終わって、お金をもらえないなどのトラブルを防ぐためだ。

でも、料金を踏み倒して逃げるようなタイプではなさそうだから、今回はお客さんの申し出を受けてもいいと思った。

「じゃ、外は寒いから、気をつけていきなさいよ」

男性の言葉に押され、僕たちはバーを出て、近くのホテルに移動した。


ホテルに入っても落ち着かなかった。男性がバーで待っていると思うと、待たせてはいけないという心理が働いてゆっくりできないのだ。

僕たちは、急いで服を脱ぎ、シャワーを使った。彼女は、髪を後ろで一つにまとめてから、ベッドに入った。僕も後に続く。

肉付きのいい体だ。乳房も大きいし、腰からヒップに到るラインが、むっちりしている。白い肌が、肉感的な体をさらに引き立てていた。

僕は、

「ほんとうにいいの？」

と彼女に訊いた。黙って頷いている。

強く抱きしめて、キスをした。胸を揉んでみると、手にたっぷりとした感触があった。ぎゅっ、と力を込めると、弾力性の強い乳房が跳ね返してくる。乳首を舐めてみる。硬さを感じる、若い乳首だ。

続けて、全身を舌で愛撫して、性器を手でまさぐった。最初は、乾いた感触があったが、割れ目の部分を指でこじ開けると、中は充分に潤っていた。しばらく指で性器の周辺を愛撫すると、中から愛液が溢れてくる。

彼女は、息を荒くして、感じてくれているようだったが、あまり声は出さなかった。その代わり、背中に爪を立てて、僕に強く抱きついてきた。

中指を性器に入れた。肉の襞が、ぎゅっと指を摑んだ。ゆっくりと中に押し込み、同じ時間をかけて抜いた。もう一度、中指を入れ、今度は激しく性器を突き上げた。

「あーん、いいっ」

喘《あえ》ぎ声が出始めた。が、それほど激しい声ではない。控えめな喘ぎだ。でも、充分に感じてくれているのは、僕の指がよく知っていた。

指を抜き、仰向《あおむ》けになった。彼女は体を起こし、僕のペニスを咥《くわ》えてくれた。舌でゆっくりと亀頭の部分を舐めた後、激しく顔を上下させて、唇でペニスを愛してくれた。すごく気持ちいい。

でも、僕はセックスに集中できなかった。男性のお客さんを待たせているから、そっちのほうが気になって仕方がないのだ。彼女と愛撫し合っていても、頭の半分は、男性のことばかり考えていた。

彼女の肩を叩いて、フェラチオを終わらせた。自分でスキンを着け、彼女の上になった。少しクリトリスを舐めてから、ペニスを挿入した。今度は、柔らかい肉の襞が、ペニス全体を強く包み込んでくれて、すごく気持ちよかった。

「うーン、あーン……」

喘ぎ声はまだ控えめだけれど、彼女は、激しく腰を使って、セックスを楽しんでくれている。僕は、男性が気になって仕方がない。早く彼女にイッて欲しくて、素早く、激しく腰を使った。

「いいーっ。イクう」

今まで一番、大きな声を上げると同時に、彼女は絶頂を迎えた。彼女の腰が動かなくなってから少しの間、僕は自分だけで腰を使い、間もなく果てた。

僕たちは、また、急いでシャワーを浴びて、服を着た。ホテルを出ると、やっと気が落ち着いた。激しいセックスの後だからか、寒さもあまり、苦にならなかった。バーまでは、少し歩かなければならない。僕は、彼女にいろいろと男性とのことを訊いてみた。

二人きりだから、黙って歩くのもおかしいし、ほかに話題もない。それに、実は、僕もこのカップルに、些《いささ》かならず興味がわいていた。

女性が話してくれたところによると、彼女は、あの男性から金銭的な援助も受けているようだ。形の上では、彼が経営する会社の事務をしていることになっているが、どうやらそれは、男性がお金を払いやすくするための方便のようだった。

もちろん、彼女がはっきりとそう話してくれたわけではない。言葉の端々から推察すると、そうとしか考えられなかった。

「でもね、彼はあんなふうに言ったけど、すごく焼き餅焼きなのよ」

女性が言う。

「そうなの？　じゃ、もうセックスはできないっていうのもウソ？」

「ううん。それはほんとう。ほんとうに、彼はもうできないのよ」

じゃあ、お金のためだけに、彼と付き合っているのだろうか。そう思っていると、

「でもね、彼がもうできないから、私たち、上手くいくのかもしれないわ」

「彼のこと、愛してるの？」

彼女は少し考えてから、

「うーん、お父さんみたいな感じかな」

と言った。

僕には、理解しにくい心境だった。お父さんみたいで、セックスもないというのなら、どうしてカップルとして付き合い続けているのだろう。しかも、今日みたいに、ホストに抱かれたりもしながら……。

僕には、よく分からなかった。やっぱり、お金のためなんだろうか。僕の思いを知ってか知らずか、

「彼はお金もあるし、余裕もあるから、私たち、上手くいくのかな。もし、まだあま

りお金がなくて、余裕もない同世代の男性とだったら、私、こんなに上手くいかなかったんじゃないかと思う」

男性が待っているバーが近づいた。お金だけもらって、早く帰りたかった。どんな顔をして彼と会えばいいのか分からない。気が重かった。

バーに入ると、男性に手招きされた。

「どうだった？　いい体をしていただろう？」

耳元でささやく。

「ええ、まあ……」

男性は、女性の顔をしばらく見つめて、また、僕に振り返った。女性は、頬を赤らめて、恥ずかしそうな視線を、男性に返している。

「彼女も満足したみたいだね。あの人が、あんな顔をして戻ってくるのは、珍しいことなんだよ。ありがとう」

男性が、財布から何枚か一万円札を取り出し、料金を払ってくれた。

「ぜひ、また呼ぶよ。僕はね、あの人がほかの男性とのセックスを終えて戻ってきたときの顔を見るのが、大好きなんだよ」

男性に少し、お酒を付き合っていかないかと誘われたが、用があるからと嘘をついて断った。お礼を言って、バーを出る。

何故か、複雑な心境だった。二人はカップルだけど、あの初老の男性が女性に求めているものと、彼女のそれとは、大きく違っているはずだ。

でも、二人は上手くいっていると言う。今の関係に満足しているのなら、一晩だけ彼女の相手をした出張ホストに過ぎない僕が、何かを言うべき立場ではないことはよく分かっている。

それでも、複雑な思いは、なかなか脳裡《のうり》から消えてくれなかった。また、寒さが身にしみ始めた。僕は、コートの襟を立てて、池袋駅へ急いだ。

風俗の女

たまに同業者に呼ばれることがある。そんなときはやはり、普通のお客さんを相手にするのとは、少し、雰囲気が違ってくる。やりにくいときもあるし、逆に、お互いに理解し合えて、いい時間を過ごせることもある。

靖国通り沿いのミスタードーナツの前で待ち合わせたお客さんも、風俗に勤める若い女性だった。

彼女は、店には入らずに、壁にもたれて待っていた。コギャル風というのか、水商売風というのか、かなり派手目の女の子だ。

まだ、二〇代の前半だろう。デニムのミニスカートをはき、上は一時流行《はや》ったチビT。日焼けサロンで灼いているのか、顔も腕もかなり黒い。

全体的に小柄で、あまり可愛《かわい》くは感じられない。新宿や渋谷などの盛り場でよく見かける、今風の若い女の子だ。

彼女に近づき、簡単に挨拶した。お客さんはぜんぜん緊張する様子もなく、若さに似合わずさばけた人だという印象を受けた。

「ホテルへ行く？」

訊くと、そうしたいという。躊躇《ためら》ったり、恥ずかしがったりする様子もなかった。僕たちは、歌舞伎町を抜けて、新大久保あたりのホテル街まで歩くことにした。出張ホストとホテルへ向かっているというのに、彼女の態度は堂々としたもので、かなり経験が豊富なのかと思った。訊いてみると、

「そんなことないよ。呼んだの、初めてだよ」

と言う。

「そうなんだ。落ち着いてるし、堂々としてるから、ホストに慣れてるのかと思ったんだ、ごめんね」

彼女が小さく笑った。

「私も同じような仕事してるの」

「え？」

「風俗に勤めてるの」

「風俗？」

つい、彼女の全身を眺めてしまった。そう言われれば、風俗嬢ふうの雰囲気が感じられないでもない。

「うん。抱きキャバ。分かる？」

言葉は聞いたことがあったが、具体的にどんな店なのかまでは分からなかった。彼女が教えてくれたところによると、お客さんが女の子とキスしたり、体に触ったりできるキャバクラのことらしい。最後は、手でイカせてあげるから、本番行為はない。

「そうなんだ……」

あまり好感が持てなかった。今風の派手な身なりで、風俗勤め。ちゃらんぽらんな女の子だとしか思えなかった。楽をして稼ぐことを覚え、まっとうに働く気のない女。そんな子かと思った。

僕だって、お金をもらって女性に抱かれている。だからこそ、彼女とも出会ったのだ。人のことをとやかく言える立場ではない。それは分かっている。だけど、僕はちゃらんぽらんな気持ちで、この仕事をしているつもりはない。

株で作った借金を返すため、株で儲けた泡みたいな金に踊り狂った自分自身への罰として、この仕事をしている。彼女は、僕とは違うタイプに見えた。

「そういう仕事って、イヤじゃないの？　僕がそう言うのも変だけど……」

つい、そんなことを口走ってしまった。

「初めて会う人とキスしたり、おっぱいやあそこ触られたり、イヤでイヤで仕方がないけど、田舎に仕送りしないといけないから、しょうがないわ」

「田舎？　どこなの」

「浜松」

「あ、浜松なんだ……」

急に親近感がわいてきた。実は、姉が浜松に嫁いでいて、僕は何度も浜松の街へ行ったことがある。僕は、彼女に少し、浜松の盛り場の話をした。話が合うから、急に会話が盛り上がるようになった。

「浜松から友達と二人で出てきたの。同じ店に勤めてて、部屋も家賃を半分ずつ出して一緒に借りてるのよ」

浜松の子だと言われてみれば、思いなしか、言葉の端々に東海地方の訛《なま》りが残っているように聞こえる。

「仕送りしてるのはえらいよね」

「だってしょうがないもん。うちは母子家庭で、ものすごく貧乏なの。今度、弟が高校に入るから、学費もいるし。あたしが送らないと、お金、ないもん」

彼女の印象が変わった。ちゃらんぽらんどころか、家族のために、風俗勤めをしている子だったのだ。今時、めったにある話ではない。僕は、古い日本映画のストーリーを聞かされているような気持ちになった。

「でもね、面白いこともあるのよ。あたし、こういう仕事をし始めて、やっと、世の中にはいろんな男の人がいることが分かったの」

「僕もそう感じたことあるよ。出張ホストの仕事を始めるまで、僕は、女の人のことをよく分かっていなかったのかもしれない」

本心だった。僕も、出張ホストの仕事を始めてから、世の中にはいろんなタイプの人がいることに改めて気づき、人間観察の面白さを知った。借金を完済してもこの仕事を辞めていない。

人間の欲望が集約されたような世界に住んでいると、みんな似たようなことを考えるようになるのだろうか。

「でも、イヤな人のほうが多いわ。一晩、いくらいくらで寝ないか、なんて持ちかける客もいて。フザケルナーって言いたい。サイテー」

彼女は僕に気を許してくれたようで、笑いながらそんなことを言った。

「でもね、都会に出てきて、そんな人たちばっかり見てきたでしょ？　やっぱり、疲れるの。だから、今はね、毎週、浜松に帰ってるの」

彼女が言うには、毎週、日曜日に浜松へ帰って、水曜日に東京へ戻ってくるのだそうだ。木、金、土の三日、抱きキャバで働き、また日曜に浜松へ帰る。東京と浜松の二重生活だ。

ちなみに、抱きキャバというのは面白いシステムになっている。店に出てお客さんに付くだけでは、時給や指名料は発生しない。キスならいくら、胸を触るならいくら、というようにチップの金額が決まっていて、お客さんはそれを女の子に直接、渡す。それが彼女たちの収入になるらしい。その中から、おしぼり代などを店に払わなければならず、なかなか厳しいシステムだ。

でも、彼女は友達と二人でとはいえ、都内にマンションを借りていて、週に一度、浜松へ往復している。交通費だけで、月に一二万は必要なはずだ。それに家賃があって、その上に、実家への仕送り。かなり稼いでいないとできない。

きっと彼女は、小さなことは我慢して、一所懸命、お客さんとキスしたり、体を触らせたりしてるんだろう。身につまされてきた。

「今日は、どうして僕を呼んでくれたの？」

「うーん……」

彼女は、視線を上に上げてちょっと考える間を置いてから、

「一度、自分がお客さんになってみたかったのかなあ」

と言った。分かる気がする。知らない男に、いつも奉仕しているのだ。たまには、発散したくなるのだろう。

でも、このあたりが、男と女の違いだとも思った。僕は、出張ホストの仕事がないときに、ソープなどへ行って、自分が客になってみたいとは思わない。

「いろんなお客さんがいて、いつも大変でしょう」

「うん」

彼女は曖昧に言葉を濁してから、

「でもね、今夜はあなたがあたしに奉仕してね。あたし、たまの自分へのご褒美のつもりで、今日、あなたを呼んだんだ」

ご褒美か。彼女には、それを受け取る資格がある。彼女に、僕との時間を心ゆくまで楽しんで欲しい。そう思った。


ホテルに入り、二人でシャワーを浴びた。小柄だけど、裸になると、胸が思いのほか豊かだった。

体に水着の跡が残っていないから、色が黒いのはやはり、日焼けサロンで灼いたものらしい。全体に贅肉《ぜいにく》がなく、肌にも張りがある。さすがに、若い女性の体だ。

「きれいだね」

「そんなこと、言われたことない」

恥ずかしそうに顔を伏せる。

一緒にベッドへ行き、横になった。まずキスした。

「丁寧に愛撫してね」

胸を手で揉みながら、耳たぶを軽く嚙《か》んでみた。

「あっ……」

続けて、胸に舌を這わせようとすると、

「乳首の周りを、円を描くようにして舐めて欲しいの」

と彼女が言った。言われる通りにしてみる。すると、今度は、

「乳首を噛んで。軽くよ」

左の乳首を右手で転がしながら、右乳首を噛んだ。意識して軽く。

「もっと強くていい」

言われる通りにした。

「体を舐めて。腋の下から、ずーっと下まで、ゆっくり舐めていって」

彼女は、一つ一つ、細かく注文を出す。僕は、彼女の言う通りにした。

「あそこを舐めて……」

と言ったときには、もう、彼女の言葉に喘ぎ声が混じり始めていた。僕は、手で両足を開かせ、中心に顔を埋めた。

若い女の子らしい色をした性器が、そこにあった。割れ目の真ん中に舌をあてがい、それから、ゆっくりと上下に舐めてあげた。

た。僕は、彼女が果てるのを見届けてから、射精した。

彼女の上にまたがり、そのまま、中に入った。彼女は激しく喘ぎ、短い時間で果て
「いやあっ、いっちゃうっ、入れてーっ」

クリトリスを舐めた後、少し強めに吸ってみた。

「いいっ、いいわっ。もっと……」


「すごくよかったわよ。ありがとう」

お客さんが言った。彼女は、僕に腕枕された姿勢だ。

「久しぶりのご褒美になったわ」

体を起こして、僕の唇にキスしてくれた。

「カレシはいないの？」

「うん。いない。こんな仕事してるうちは、作らないの。変に焼き餅焼かれても上手くいかないし」

「大変だね。でも、頑張ってよ」

陳腐なセリフだとは思ったが、正直な気持ちに一番、近かった。

「ありがとう。頑張るよー。弟にお金かかるんだよー」

お道化《どけ》た調子でそう言う。屈託のない、明るい姿に見える。今日のご褒美がそうさせているのだったら嬉しいな、と思った。

「弟ね、とってもいい子なんだよ。だから、してあげられることはしてあげたいのよ」

「立派だよ」

「そうかなあ」

口ではそんなふうに言うけれど、顔には、自信に満ちた満足感が表れていた。

そろそろ時間だった。彼女はここで少し休んでから、お店に出るという。僕は身支度を済ませて、先に出ることにした。

「また、自分にご褒美をあげたくなったら、ぜひ、呼んでね」

「分かった。そのときは、必ず、あなたを呼ぶわね」

礼を言って、僕は先にホテルを出た。

あの後、僕はまだ、彼女に呼ばれていない。彼女は今も、抱きキャバに勤めているのだろうか。浜松と東京との二重生活を続けて、弟に仕送りをしているのだろうか……。

彼女が今後、どんな人生を送るのかが、いつも気にかかる。幸せになって欲しい、と心からそう祈りたい心境だ。

どうしてホストを辞められないんだろう

　タクシーの後部シートにもたれかかっていた。疲れ果てている。今日は木曜の夜で、昼の仕事の後、お客さんに呼ばれてホテルへ行った。三時間のプレイを終わると、電車に乗る気にもなれず、タクシーで自宅へ向かった。明日もまた、会社へ行かなければならない。

　プレイ中、お客さんは何度も僕を求めた。帰り際、本当に満足そうな顔で、

「ありがとう。とてもよかったわ。また、必ず、呼ぶわね」

　と言われた。プロのホストとしては嬉しい。でも、かなり疲れた。僕はいったい、何をやっているんだろう。

　二〇〇一年の年頭、すべての持ち株を手放した僕は、一八〇〇万円の借金を残した。普通のサラリーマンである僕には、気が遠くなるような額だった。

幸い、毎月の給料があるから、まったく支払いができないということはない。でも、給料の大半を返済につぎ込めば、生活ができなくなる。どうしていいか分からなかった。

ある日、羽振りがいい頃によく行ったキャバクラの女の子を思い出した。ネックレスをプレゼントしてあげた子だ。

「嬉しいわ。あたしね、カードで借金を作っちゃったの。昼はＯＬなんだけど、お給料だけじゃ返せないからここに勤めてるの。でも、切り詰めなきゃいけないでしょう？　だから、ネックレスなんか欲しくても買えなかったのよ。ほんとうにありがとう」

と、その子は言った。

そうだ、僕も夜の仕事をしよう。でも、男が水商売の店に勤めて、黒服などをやっても、たいした収入にはならない。ホストになるしかない、と思った。インターネットで検索してみた。

すると、お酒を出すホストクラブとは別に、「出張ホスト」という職種があることを知った。お客さんが待っているところにホストを派遣して、夜の相手をする……。

さすがに迷った。お金をもらって女性に抱かれることに、少なからず、抵抗があった。でも、ほかに方法がないじゃないか。僕は思い切って、店に電話をかけてみた。店長が出て、

「そんなに深刻に考える必要ないよ。迷ってるなら、まず試しにやってみて、ムリなら辞めればいいじゃないか」

軽い調子で言われた。ムリならやめればいい、か。気分が楽になり、早速、その店に勤めることにした。幸い、イヤでイヤで仕方がない仕事ではなかった。もちろん、お客さんの中には、どうしても肌が合わず、嫌な思いだけが残る仕事もある。

でも、「出張ホスト」の仕事そのものは、僕に向いているように思えた。借金を返済しなければならない、という強いモチベーションがあったからそう思ったのかもしれないけれど。

順調に滑り出した出張ホストの仕事だったが、一つだけ、誤算があった。需要と供給のバランスというべきか、まだまだ、お金を出して男性を抱きたいと思う女性は少なかった。だから、毎日、何人もの女性に呼ばれて、多くの収入が期待できる、とい

う仕事ではなかった。

出張ホストの仕事は、そこまでの収入は期待できないから、僕は全収入を返済に回し、浪費に走らなかったのだと思っている。

昼の仕事の給料も、大半は返済に回した。まず、利息の高い消費者金融などから返していき、申し訳ない話だけれど、親兄弟は後回しにさせてもらった。

数年経って、返済にも目処《めど》が立った。ここまで返済すれば、後は会社の給料だけでも返せる、という額まで、借金を圧縮した。もし、出張ホストを辞めるとしたら、あのときをおいてほかになかったろう。でも、僕は辞めなかった。

その頃、K先輩と食事に行った。いつものファミリーレストランでの金のかからない食事だ。K先輩も株で失敗した。ITバブルの崩壊で多額の借金を抱え、返済に苦闘していた。

「先輩、どうですか、この頃？」

浮かない顔をしている。

「なんとかやってるよ。返済も、滞らせずに、きちんと続いている」

何かある、と思った。それとなく訊いてみると、

「実はね、会社を辞めたんだ」

驚いた。K先輩は、かなり名の知られた一流企業に勤めている人だった。

「いづらくなったんですか？」

K先輩が首を振る。

「そうじゃないよ。あそこの給料だけじゃ返済が追いつかないからね。もっと実入りのいい仕事に変わったのさ」

彼が口にした仕事は、確かに、以前の会社の給料よりは多額の収入が見込めるだろうが、将来の安定性や、社会的評価を考えると、かなり不安定だと言わざるを得なかった。K先輩は取りあえず、現時点では借金返済のことだけを考えることにしたのだろう。

「そうでしたか……」

「仕方ないよ。これも罰だよ。ITバブルに踊って、下らない生活をしていた自分への罰だ」

罰——そうか、罰か、と思った。

K先輩は、株式投資の失敗後、さまざまなものを失った。羽振りがいい頃に買った高級外車も売り、その金も借金返済に回した。そして今、安定した職まで失った。僕は何を失ったんだろう？　そろそろ借金も返し終わるし、昼の仕事もある。

株への投資で失敗した後、僕が何とか頑張ってこられたのは、K先輩がいたからだ。ことあるたびに、僕たちは顔を合わせ、励まし合った。二人とも同じ境遇だったから、これほど力づけられる相手はいなかった。

もし、僕かK先輩のどちらかが、株式投資で成功していたとしたら、こういう関係は保てなかったろう。幸いというか、僕たちは二人とも失敗者同士だったから、お互いに支え合う、かけがえのない存在でいられたのだ。

そのK先輩が、自分への罰だ、と言った。僕も、自分に何か罰を与えなければいけない。そう思った。このときに僕は、これからも出張ホストの仕事を続けることに決めた。

自分に与えた罰としての仕事。そう覚悟を決めてみると、この仕事が面白くなってくるから不思議だ。僕は今までに、一〇〇人以上の女性に抱かれている。いろんな女の人がいた。

僕は、今まで、女の人のことを何一つ知らなかったのかもしれない。きっと狭い世界に住んでいたのだろう。出張ホストの世界に入って、世の中がどれほど広いかを、僕は初めて知った。

ばりばり仕事をして、社会的にも高い評価を受けているキャリアウーマンが、何か満たされなくてホストを呼ぶ。夫や子どもがいて、何不自由ない生活をしているように見える人が、ホストに心の穴を埋める役割を求める。一人ぼっちで寂しく暮らしている若い女の子は、一晩をホストと過ごして心を癒し、また、次の日からの現実に立ち向かう……。

みんな、何か重いもの、辛いもの、満たされないものを感じている。でも、一所懸命生きている。僕は出張ホストの仕事を始めて、そのことを実感した。人間って素晴らしいな、と思った。

借金を抱えて苦労した。でも、僕だけじゃないんだ。みんな辛くて苦しいんだ。それでも生きていこうと頑張る。そのために、今夜は少しだけ贅沢《ぜいたく》をして出張ホストを呼ぶ。そんな人生の深い部分を、僕はこの仕事から教えられた。

僕を求めてくれる人がいる限り、僕はこの仕事を辞めないと思う。罰として始めた仕事。そして、僕に人生を、世の中を教えてくれた仕事。僕は、この仕事が大好きだ。僕を呼んでくれる寂しい女性たちが大好きだ。

「お客さん、着きましたよ——」

運転手に言われて、我に返った。どうやら、僕は、後部座席でうたた寝してしまったようだ。料金を払って、タクシーを降りた。

背伸びをして夜空を見上げた。無数の星が瞬《またた》いて見える。夜空を見上げたなんて久しぶりのことだった。

まだまだ疲れは残っているが、一晩眠れば元気を取り戻すはずだ。明日、会社へ行けば、土日の連休だ。店長からの電話を待とう。僕はそう思った。

解説

松井計

本書の著者、一條和樹氏が、二〇〇三年一月に、前作『出張ホスト―僕は一晩45000円で女性に抱かれる』を刊行したとき、私は幻冬舎のPR誌「ポンツーン」に、この本の紹介文を書いた。その冒頭の部分を、以下に抜粋引用してみる。

「みんな寂しいんだな――一條和樹氏の『出張ホスト』を読んで、そう思った。誰にだってたまらなく寂しい夜がある。叫びだしたいほど、狂おしい夜もある。小さな子供だったら、大声で泣けばいい。きっとパパかママが慰めてくれるから。でも、大人はどうすればいいんだろう。泣いたって仕方がない。お酒でも呑んで気を紛らわせるか。恋人と逢ってもいいけれど、ふたりでいるほうが、一人よりももっと寂しいこともある」

前作を読んで、私が感じたテーマが、この〈寂しさ〉だった。一条氏は、作中には、〈寂しい〉という言葉を一度も使っていなかったけれども、一条氏を呼び、一晩のラブ・アフェアを楽しんだお客さんのエピソードを読み進むうち、彼女らに共通するイメージとして、〈寂しい〉というキーワードが浮かんできた。それはあたかも、通奏低音のように作品全体を貫いており、だからこそ、我々読者は、氏の作品を、上質な一種の「都市小説」「青春小説」として読むことができたわけである。

さて、そのことを踏まえた上で本書である。本書も、基本的な構成は前作と変わらず、一条氏を呼んだ女性のエピソードが、独立した短編として紹介されている。恋人が喜ぶからといって、一条氏とのSEXをVTRに収めようとする女性や、失恋して鬱《うつ》状態になった女性、夫や恋人からの束縛を嫌うキャリアウーマン……といった女性たちとのエピソードだ。カップルに呼ばれた経験も、三つ紹介されている。

これらのエピソードを通読してみて、まず、最初に私が感じたのは、前作同様に、一條氏を呼ぶ女性たちに共通するイメージとしての〈寂しさ〉だった。おそらくこれは、出張ホストや、それを呼ぶ女性たちを語るときに、決して無視することのできない、大きなテーマなのだろうと思う。些《いささ》か大仰な表現を許していただければ、〈出張ホストを巡る本質〉と言い換えてもいいのかもしれない。

が、今回の作品を読んで、それ以上に私が感じたのは、一條氏の、女性たちを見る目の深さ、優しさだった。

たとえば、本書には、風俗に勤めている女性に呼ばれたエピソードが書かれているが、一條氏は、そのエピソードの最後を次のように結んでいる。

「あの後、僕はまだ、彼女に呼ばれていない。彼女は今も、抱きキャバに勤めているのだろうか。浜松と東京との二重生活を続けて、弟に仕送りをしているのだろうか……。

彼女が今後、どんな人生を送るのかが、いつも気にかかる。幸せになって欲しい、と心からそう祈りたい心境だ」

離婚調停中の女性に呼ばれたエピソードの結びは、次のようだ。

「でも、それ以来、店に彼女からの電話はなかった。夫との離婚調停はどうなったのだろう。今でも、彼女はあの古いマンションに独りで住んでいるのだろうか。僕は、今でも時々、ふと、そんなことを考えてしまうことがある」

ここで読み取れるのは、自分を呼んでくれた女性のその後に思いを馳《は》せ、将来の幸福を祈る心境である。お客さんを単なるビジネスの顧客と考えていたのでは、こういう心境にはなれない。彼は、出張ホストの仕事で出会った女性たちを、一期一会の恋人だと見なしているに違いない。

だからこそ、お客さんも彼の前では寂しさを隠さずに自己表現できるのだし、一條氏との逢瀬《おうせ》が終わった後、その充実した時間の記憶を頼りに、また、大都会での実生活に戻り、一日一日を元気に生きていけるのである。そしてまた、一條氏のそんな視線が、作中にずっと貫かれているからこそ、我々読者は、本書に好感を抱きつつ読み進めることができるのだ。

もう一つ特筆すべきは、本書においては、一條氏が、どうしてもイヤだったお客さんのエピソードを、包み隠さずに書いていることだ。むろん、どんな仕事であれ、どうしてもイヤだと思うことはあるだろう。が、出張ホストという仕事は、初対面の女性と、直截的な肉体の関係を持たねばならぬ宿命ゆえ、一度、嫌悪感を覚えると、それは一般の職業の比ではないであろうことは、我々にも容易に推察できる。一條氏は、リピーターとなった女性のエピソードの中で、そういう心境をきわめて内省的な筆致で綴《つづ》っている。お客さんに対する嫌悪感の理由を、お客さんに求めるのではなく、自分自身の問題に収斂《しゅうれん》させていく筆運びは、読者の共感を呼ばずにはおかないだろう。

本書でも触れられているように、一條氏は、株式投資の失敗から多額の負債を抱えてしまい、それを返済するために出張ホストのアルバイトを始めたのだが、実は既に負債のほとんどは返済し終えている。が、それでも彼は、出張ホストの仕事を辞めようとは考えていない。本書の最後に、その理由を彼自身の手で綴ってあるが、おそらくそれは、私がここで指摘した、前作と本作の読後に感じた印象の違いと無縁ではないだろう。

一條氏は、出張ホストの仕事を通して、〈人間〉というものに対する興味を深め、それとともに〈人間〉を見る目もまた、深まっていったのだろうと思う。その意味では、本書は、前作から本書に至る期間の彼の成長を見ることができる作品であるし、それゆえ一種の〈ビルドゥングスロマン〉としての魅力をも持ち合わせているのである。

さて、最後に、一條氏本人について少し書いておきたい。実は私は、一條氏と個人的な交遊がある。一緒に飯を食いにいったり、酒を飲んだりする関係だ。前作が刊行されてすぐの頃、担当編集者に紹介されて会ったのが初めてだったと記憶するが、以来、私は、彼の人間的魅力に惹《ひ》かれている。

一條氏はむろん、長身で大変なハンサムではあるけれども、外見的にも内面的にも、普通の人である。話をすると、きわめて良識的で、頭のいい人であることがすぐに了解される。著者のプロフィールを見れば明らかなように、彼は、一流企業のサラリーマンであるから、当然といえば当然のことなのかもしれない。

しかし、実はこのことが重要なのである。一條氏がそういったタイプの人であったからこそ、本書が、興味本位のキワモノに終わらず、深い人間洞察に基づいた、優れた書物に仕上がったのである。よい書き手と、興味深い題材の、理想的な出会いが、本書を成立させた、と言ってよかろう。

——作家

この作品は書き下ろしです。原稿枚数285枚（400字詰め）。
なお、プライバシーを配慮して、登場人物の出身地、居住地など、
多少の変更を加えていることをお断りしておきます。

幻冬舎文庫

●最新刊
おどろき箱2
阿刀田　高

何角形でも描くことができる「金魚板」、人間の「採点表」……。おどろき箱から出てきた奇妙な道具が巻き起こす小さな冒険は、少年を大人に変える。心温まるファンタジック・ストーリー。

●最新刊
玄治店《げんやだな》の女
宇江佐真理

身請けされた旦那と縁が切れたお玉が出会った若き武士・青木陽蔵。いつしか二人は惹かれ合うが、それは分を越えた恋だった……。運命に翻弄されながらも健気に生きる女たちを描く傑作人情譚。

●最新刊
プチ修行
小栗左多里

修行すれば、幸せになれるのではないか。そんな野望を胸に、ベストセラー『ダーリンは外国人』の著者が無謀にも挑んだ写経、座禅、滝、断食、お遍路などの修行の数々。体験コミックエッセイ。

●最新刊
流氷にのりました
へなちょこ探検隊2
銀色夏生

「さいはての地で、人生を考えたい。」というわけで、行ってきました網走〜知床の旅。カニづくしのホテル、流氷のないオーロラ号、メインイベント流氷ウォーク……。面白体験満載の旅エッセイ。

●最新刊
破裂(上)(下)
久坂部羊

医者は、三人殺して初めて、一人前になる——。エリート助教授、内部告発する若き麻酔医、医療の国家統制を目論む官僚らが交錯し事件が！　大学病院を克明に描いたベストセラー医療ミステリ。

GENTOSHA OUTLAW BUNKO

出張《しゅっちょう》ホスト

僕《ぼく》はこの仕事《しごと》をどうして辞《や》められないのだろう?

一條和樹《いちじょうかずき》

平成19年8月10日　初版発行

発行者――見城徹

発行所――株式会社幻冬舎

〒151-0051東京都渋谷区千駄ヶ谷4-9-7

電話　03(5411)6222(営業)

03(5411)6211(編集)

振替00120-8-767643

印刷・製本―中央精版印刷株式会社

装丁者――高橋雅之

幻冬舎アウトロー文庫

ISBN978-4-344-41008-4　C0195　O-62-2